Jean-Marc ROBIN

# Machine-École

## Roman politique

« Car les idéologies ne sont pas des idées, il s'agit d'une violence que l'on fait subir aux idées pour embellir les instincts avec un appareil conceptuel. »

Joseph Beuys, 1986

© Jean-Marc ROBIN

# I

Au lycée Louis-Vaseclos, le proviseur Michel Biguebosse était entouré de sa garde rapprochée : Nicolas Dubois, âgé d'une trentaine d'années, rugbyman amateur, et Emmanuelle Perret, son aînée de dix ans, experte en féminisme et chaussures à talons. Comme tous les lundis matin, ils prenaient le café ensemble et envisageaient l'agenda des deux prochaines semaines.

Nicolas Dubois avait suggéré au chef d'établissement de réunir tous les professeurs dans l'amphithéâtre afin d'engager une réflexion collective sur l'apport des neurosciences. Michel Biguebosse trouvait le terrain glissant, il considérait que la pédagogie, c'était l'affaire des enseignants et pas tellement de la direction, qui devait administrer le quotidien, organiser la rentrée et les examens ; savoir rester à sa place c'était une bonne assurance contre les conflits, l'expérience parlait. Mais Nicolas Dubois, comme tout adjoint, avait des ambitions. Pour obtenir une promotion, il faut briller par ses résultats ou faire parler de soi, y compris sur les réseaux sociaux. Nicolas Dubois relayait scolairement tous les tweets du ministre et du recteur, sans oublier de parler de lui, de ses vacances, de ses lectures et du plaisir viril que lui procurait la balle ovale. L'académie de Toulouse avait encouragé la proposition d'expérimentation pédagogique d'une équipe de chercheurs spécialisés en neuropsychologie. Personne n'ignorait la passion du ministre de l'Éducation pour les sciences cognitives ; il s'était débarrassé, dès sa nomination, du Conseil national d'évaluation du système scolaire, trop marqué à gauche, trop orienté « sciences humaines », pour lui substituer un conseil scientifique de l'Éducation nationale, dont il avait confié la présidence à Sylvain Hundeux. Le département du Tarn se voulait à la pointe, plusieurs collèges avaient déjà intégré la neuropédagogie dans leur projet d'établissement. Le lycée Louis-Vaseclos avait l'occasion de devenir le bateau amiral et de donner une véritable visibilité à ce tournant didactique.

Michel Biguebosse essaya bien de dissuader son jeune adjoint, en vain. À force d'être harcelé depuis deux semaines, sans doute aussi parce que l'âge de la retraite approchait, le chef d'établissement donna son feu vert pour une réunion plénière. Il délégua à l'autre adjointe, qui était un peu sa fille spirituelle, le rôle d'observatrice et de renfort pour faire face à plus de deux cents professeurs.

*Jeudi 15 avril 2019*

Le proviseur adjoint s'installa au centre de la tribune de l'amphithéâtre. À sa droite, sa collègue Emmanuelle Perret continuait d'adresser des signes de complicité aux professeurs qu'elle appréciait – elle avait ses têtes. Après un essai micro, Nicolas Dubois débuta son exposé qui dura une petite trentaine de minutes.

L'adjoint surprit son auditoire. Il avait parfaitement préparé sa réunion et l'enthousiasme de son propos tranchait avec le gris ordinaire de son costume mal taillé. La neuropédagogie, c'était un tournant, « un virage » comme le numérique avait pu l'être, la seule question qu'il fallait se poser c'était : accompagne-t-on le progrès ? Ou, encore une fois, lui court-on après ? Sans s'en rendre compte, l'adjoint avait quitté le débat didactique pour pénétrer sur un terrain plus glissant : le sens de l'Histoire, la notion de Progrès et le rôle de l'École.

Sans surprise, les professeurs de sciences – industrielles, physiques ou naturelles – approuvèrent la proposition d'expérimentation, ils avaient bien vu dans leur cours la valeur ajoutée du numérique, la neuropédagogie allait leur permettre de travailler plus efficacement avec les élèves. Et puis, le projet du ministre de renforcer les compétences des élèves par un « système incorporé » ne les effrayait pas. Gogol testait aux États-Unis l'implantation de puces qui permettaient d'accroître les capacités de mémorisation. Le quotidien *Le Monde* avait publié un reportage la semaine précédente.

La réception du discours du côté des sciences humaines et des lettres fut beaucoup moins enthousiaste, pour ne pas dire hostile – les professeurs redoutaient Nicolas Dubois ; quand on fabrique les emplois du temps pour une année entière, on dispose d'un vrai pouvoir et l'adjoint avait su faire passer le message sans jamais le formuler. L'auditoire oscillait donc entre approbation et refus silencieux, c'était toutefois oublier l'équipe de philosophie. Une petite brune d'un mètre cinquante-cinq se leva et demanda le micro. Son ton était courtois, le propos était frontalement opposé au discours de l'adjoint. La professeure rappela que toute transmission s'appuie sur des finalités et des valeurs, que l'envie d'apprendre des élèves suppose une relation humaine, que le rôle de l'école n'est pas de fabriquer des salariés plus performants mais des citoyens libres, que ceux qui promeuvent le progrès technique comme « horizon en soi et pour soi » créent les conditions d'une forme de totalitarisme et de société du contrôle. Certaines phrases firent mouche : « Non, monsieur le proviseur adjoint, je ne rêve pas d'une *école Gogol* qui transforme nos enfants en cyber-élèves ! Pourquoi pas alors demain des cyber-profs, des cyber-parents ou des cyber-adjoints ! » Un rire général s'empara de l'assemblée, l'enseignante poursuivit : « La technique est au service de l'Homme, au service d'un projet politique d'émancipation et non au service d'elle-même. L'école n'est pas ce grand accélérateur, je revendique pour moi, pour mes élèves, pour nous tous, le droit de décélérer et de penser entre humains » conclut-elle.

Le visage de l'adjoint se ferma. À ses côtés, sa collègue souriait, elle n'était pas très loin d'approuver la professeure de philosophie, mais elle ne pouvait pas l'exprimer publiquement. L'adjoint rappela qu'il ne s'agissait que d'une expérimentation, que le lycée Louis-Vaseclos avait une forte identité technologique, qu'il ne fallait pas avoir peur, qu'il fallait repenser l'alliance entre Tradition et Progrès et surtout ne pas s'interdire « le droit à l'erreur ». Il renchérit : « Nous allons travailler avec des chercheurs, nous évaluerons les résultats en comparant les apprentissages réalisés avec un groupe témoin d'élèves qui suivra une scolarité classique. Les résultats de l'école de la République ne sont pas assez bons pour nous reposer sur nos lauriers, et puis à Vaseclos, nous scolarisons beaucoup d'élèves des catégories populaires, le progrès technique et une nouvelle pédagogie peuvent être de vrais leviers. L'égalité des chances nous commande d'essayer ! Je propose donc que les collègues volontaires s'emparent du protocole et expérimentent cette nouvelle approche dans six de nos douze classes de seconde. »

Sans laisser la place à la contradiction, Nicolas Dubois demanda un vote. Au final, seules les équipes d'histoire-géographie et de philosophie s'opposèrent. Les professeurs de lettres choisirent de s'abstenir et les enseignants de mathématiques décidèrent de ne pas participer au vote, la consigne avait été donnée par leurs leaders syndicaux.

L'expérimentation fut approuvée par la moitié de l'assemblée, les professeurs de sciences et de langues vivantes étaient enthousiastes, ils avaient lu l'article du *Monde,* la recherche avançait vite, une puce introduite derrière l'oreille permettait déjà à des élèves de dix ans d'apprendre l'anglais en six mois ! Chaque mot entendu était aussitôt incorporé à la mémoire à long terme, c'était la fin de la « pédagogie en boucle » qui exige de revenir plusieurs fois sur une information pour qu'elle soit appropriée, c'était la fin définitive du « par cœur » !

# II

Le visage du ministre de l'Éducation était livide, sa voix était grave, son allocution ne dura pas trois minutes. Pierre-Henri Dekker avait délivré un message de fermeté lors de sa conférence de presse en *live* sur Facebook : les professeurs qui corrigeaient les épreuves du bac devaient remettre les copies des élèves à l'échéance, vendredi 28 juin 2019, sinon ils risquaient des sanctions disciplinaires et un prélèvement de quinze jours de salaire sur leur paie de juillet. Les enseignants voulaient marquer leur opposition à la réforme du lycée, à la fin des séries Littéraire, Scientifique et Économique, quelques-uns s'opposaient aussi à l'introduction des neurosciences dans l'école.

Une semaine plus tard, le jour des délibérations du premier tour, les chefs d'établissement étaient en première ligne. Au lycée Louis-Vaseclos, le proviseur Michel Biguebosse pouvait compter sur Nicolas Dubois et Emmanuelle Perret. Les deux adjoints devaient faire respecter les consignes du ministre, les jurys devaient remplacer les notes manquantes par les moyennes de l'année afin que les résultats soient publiés comme prévu, le 10 juillet 2019.

Trois salles de la cour d'honneur avaient été préparées par les agents afin d'y accueillir les jurys de la filière technologique. Des tables disposées en U, un poste informatique relié à un vidéo pour projeter le livret numérique de chaque élève, les relevés de notes parfaitement empilés, un accueil café viennoiseries plus généreux que d'habitude : les conditions étaient réunies pour une demi-journée de travail sereine. Nicolas Dubois, que les enseignants appréciaient aussi pour son franc-parler, était moins optimiste que le ministre. Certes, les jusqu'au-boutistes étaient pour l'instant minoritaires, il connaissait bien l'esprit de corps, il savait aussi que le mécontentement était majoritaire, que ce n'était pas la fusion de tous les baccalauréats en un seul, ni l'essor de la neuropédagogie qui avaient créé un profond ressentiment chez les professeurs de lycée, mais davantage la dégradation du statut et du pouvoir d'achat depuis vingt ans. Les néo-recrutés débutaient leur carrière au Smic et la terminaient avec l'équivalent de deux Smic, une fois supprimés les effets de l'inflation. La future réforme des retraites que le gouvernement avait confiée au haut-commissaire Jean-Paul Bonnefoi annonçait une baisse mensuelle de 400 à 500 euros des pensions. Les enseignants avaient fini par comprendre qu'ils allaient devenir des salariés pauvres obligés de faire des petits boulots pour arrondir leurs fins de mois, comme la majorité de *la working class* américaine.

Le proviseur adjoint ouvrit la porte de la salle et invita les membres du jury à entrer. Tous les professeurs étaient présents. Le président du jury, un jeune maître de conférences en sociologie, avait rejoint le petit groupe d'une douzaine de personnes. Il s'exprima en premier et informa les membres du jury qu'il venait d'être saisi d'une demande d'« intervention préalable » par les organisations syndicales : un représentant de la puissante Fédération syndicale de l'éducation (FSE) allait lire un communiqué. Nicolas Dubois prit la parole et indiqua qu'un jury n'était « ni un conseil d'administration ni une assemblée générale », mais un lieu de délibération qui devait obéir au principe de neutralité politique. À peine avait-il terminé ses propos que plusieurs professeurs plongèrent la main dans leur sacoche ou leur cartable et en retirèrent plusieurs stylos rouges qu'ils posèrent bruyamment devant eux. Le stylo rouge était devenu l'emblème de ralliement des enseignants qui se mobilisaient sur les réseaux sociaux contre la dégradation du niveau de vie des professeurs. Le ton était donc donné. Nicolas Dubois proposa de suspendre les délibérations. Un « stylo rouge », sans doute prof d'EPS, bondit sur la table, se dirigea vers Nicolas Dubois et lui assena un violent coup de pied au visage qui renversa l'adjoint de sa chaise. La victime avait le nez en sang, la paupière droite semblait touchée. Les applaudissements fusèrent, les cris de joie, les noms d'oiseaux également. Le proviseur adjoint fut évacué vers l'infirmerie, soutenu par deux surveillants ; il marchait avec difficulté, sa chemise blanche était couleur sang. Derrière lui, les voix hurlaient de plus en plus fort « Collabo ! Collabo ! Collabo ! » Nicolas Dubois avait l'habitude de prendre des coups dans les mêlées, il s'était aussi habitué aux sifflets des supporters de l'équipe adverse, mais là c'était la haine qui piétinait les valeurs de l'école. Des larmes perlaient sur ses joues rouges de colère, lui qui ne pleurait jamais. Cet incident mit fin aux délibérations ; le jeune sociologue qui présidait le jury conclut que « à la violence de l'Institution vis-à-vis des professeurs, à la violence de la noblesse d'État qui impose SES réformes iniques sans rien négocier », il fallait « opposer une violence *méthodique*, *symbolique* et *ciblée* sur les représentants du pouvoir ».

Les chefs d'établissement avaient été vite débordés. Ils avaient répondu aux injonctions ministérielles d'attribuer la moyenne du contrôle continu en remplacement des notes manquantes, mais les professeurs avaient gagné la bataille des « jurys de bac ». Beaucoup d'enseignants s'étaient finalement ralliés au mouvement des « stylos rouges » ; les consignes de la plus grande organisation syndicale avaient été claires : tous les moyens pouvaient être mobilisés, y compris la force ou la séquestration des chefs d'établissement. Dans un lycée sur deux, les proviseurs avaient été victimes d'insultes, de coups, plusieurs d'entre eux avaient été hospitalisés. La police n'était pas intervenue, les ordres étaient venus du ministère de l'Intérieur. Les inspecteurs pédagogiques avaient choisi de rester chez eux et de suivre, depuis leur canapé, l'actualité sur France Info. Les recteurs s'étaient enfuis de leur rectorat et avaient regagné la capitale. Le Centre international d'études pédagogiques avait été réquisitionné pour accueillir les hauts fonctionnaires. Les réseaux sociaux s'étaient fait l'écho du départ précipité des responsables académiques ; le recteur de Poitiers était sorti en courant de son bureau et avait bousculé sa secrétaire et plusieurs collaborateurs avant de débarquer son chauffeur et de rouler d'un seul trait jusqu'à Paris. Les images de son départ circulaient en boucle sur Twitter. Après René Monory et Ségolène Royal, le territoire poitevin avait un nouveau visage, un nouveau héros : Pierre Allure, énarque et inspecteur général de l'Éducation nationale.

Le ministre dut aussi battre en retraite. Avec l'accord du président de la République et après avoir réuni l'ensemble des syndicats, Pierre-Henri Dekker décida d'octroyer le baccalauréat à tous les candidats. En 1968, seules les épreuves orales avaient pu être organisées. Cinquante et un ans plus tard, en 2019, les jurys n'avaient pas pu délibérer. Le gouvernement débloqua un budget d'urgence pour permettre aux universités, aux IUT et aux lycées ayant des sections de BTS de recruter des contractuels et de faire face ainsi à l'affluence de nouveaux étudiants, près de quatre-vingt mille de plus.

# III

À la fin de son traditionnel discours du 14-Juillet, le président annonça qu'il avait décidé de dissoudre l'Assemblée nationale. Les « gilets jaunes » avaient réussi, avec l'appui des organisations syndicales, à paralyser le pays depuis le mois de juin. Les dépôts pétroliers étaient bloqués, les trains ne circulaient plus, les autoroutes étaient encombrées par des cortèges de plusieurs kilomètres de camions. La population s'était ruée dans les supermarchés, la pénurie était générale. Les plus âgés comparaient la situation à décembre 1995 avant d'ajouter « en pire » auprès des plus jeunes. Tarzan, le leader des routiers, avait réussi à convaincre les petits patrons de transport de rejoindre le mouvement. De toute façon, après trois semaines de blocage, début juillet il n'y avait plus d'essence et l'électricité était coupée par intermittence, la puissante Confédération générale des salariés avait pris le contrôle de plusieurs centrales nucléaires. Tous les secteurs de l'économie étaient touchés, les professeurs « stylos rouges » avaient gagné leur grève du baccalauréat et rejoint dans la rue les « gilets jaunes ».

Cette alliance entre enseignants classés à gauche et une France des champs qui vote à droite était inédite. Plusieurs années de politique d'austérité avaient fini par souder des forces politiques que tout opposait. Au départ de leur mouvement contre la vie chère et la hausse des taxes sur l'essence, les « gilets jaunes » rejetaient la politique qu'ils qualifiaient de « politicienne », ils voulaient seulement voir leurs revendications aboutir. Mais Édouard Simon avait joué le pourrissement du mouvement, il estimait sa majorité et sa base électorale solides. Au départ, le mouvement des « gilets jaunes » était peu populaire, la France des villes voulait travailler. Le doute avait fini par s'installer, les prises de parole des leaders du mouvement dans les médias et sur les réseaux sociaux avaient déstabilisé une partie de l'opinion qui trouvait « justes » leurs revendications : hausse du Smic de 25 %, hausse des allocations familiales de 50 %, suppression des taxes sur les carburants, plafonnement des salaires des patrons et des cadres à quatre fois le Smic et, surtout, dissolution de l'Assemblée nationale avec l'interdiction pour les députés et les sénateurs de faire plus d'un mandat. La démocratie exigeait selon les « gilets jaunes » et les « stylos rouges » une véritable respiration, ainsi que la fin de la professionnalisation de la politique. Les violences policières avaient fini par convaincre le peuple que les forces de sécurité étaient aux ordres du gouvernement et non au service de la République.

Dans la gendarmerie, l'interdiction de se syndiquer avait été contournée, le site Netflics avait été lancé avec succès, il invitait ses membres à la désobéissance. La prime de 100 euros par mois promise par le ministre de l'Intérieur n'avait pas freiné les protestations, la parole ministérielle était depuis longtemps démonétisée par des années d'heures supplémentaires non payées et par des promesses non tenues d'équipements et de logements neufs. La souffrance policière s'était transformée en colère et les préfets – qui avaient pris la fâcheuse habitude d'inviter aux réunions des gradés pour prendre des notes – ne l'avaient pas vue arriver. Sur Netflics on pouvait lire chaque jour les noms des pseudos des signataires de la pétition intitulée : « Je reste dans ma caserne et j'ouvre l'œil ! » qui répondait avec ironie à la pétition des « gilets jaunes » contre l'usage des balles défensives pour disperser les manifestants.

Le président de la République avait reçu les leaders de la majorité et de l'opposition à l'Élysée. L'appareil d'État lui échappait, la désobéissance avait gagné l'administration et le dernier rempart, les ministères de l'Intérieur et de la Défense. Le « retour au peuple » était la seule solution ; l'opposition, de Marielle Le Paon à Jean-Louis Manchon, en passant par les Verts et le Parti socialiste, exigeait de nouvelles élections législatives. C'était la dernière carte du président, il savait qu'elle était à haut risque : le dernier à avoir dissout, c'était Jacques Chirac et il avait dû cohabiter avec Lionel Jospin pendant cinq ans. Le président Édouard Simon avait été élu sur un rejet de la classe politique, il s'exposait à son tour au dégagisme.

Le verdict des urnes du dimanche 25 août 2019 fut cruel : le parti présidentiel En Avant ne recueillit que 15 % des voix, celles des électeurs les plus âgés et les plus riches. La majorité absolue avait été conquise par les candidats de la France populaire, alliance de circonstance entre les « gilets jaunes » soutenus par le Rassemblement patriotique de Marielle Le Paon et les « gilets rouges » de La France rebelle, le parti de Jean-Louis Manchon. La majorité de l'Assemblée nationale était composée d'intérimaires, d'ouvriers, d'employés, d'autoentrepreneurs, de mères célibataires, de fonctionnaires, de jeunes professeurs ou de chômeurs. Pour être candidat aux législatives, les consignes étaient strictes : il fallait gagner moins de 1 800 euros nets par mois, le salaire médian, car sinon on ne pouvait pas « prétendre représenter les gens ! » Si les « gilets jaunes » étaient essentiellement des gens du privé maltraités par les entreprises ou par les plateformes numériques, les « gilets rouges » étaient des gens du public, en particulier des jeunes qui découvraient le métier de professeur, d'infirmière ou de travailleur social. Beaucoup avaient fait des études supérieures, une licence ou un master, mais l'État avait décidé de rationaliser la dépense publique en commençant par geler les traitements des fonctionnaires. Après dix ans d'austérité, les « gilets rouges » avaient fait leurs comptes, le pouvoir d'achat avait baissé de plus de 20 %. À Paris, à Lyon ou à Bordeaux les enseignants n'avaient plus les moyens de se loger, le site BedandBread avait répondu aux besoins en proposant des colocations « spécial profs », comme il le faisait déjà avec succès pour les étudiants.

# IV

Pierre-Henri Dekker regarda la petite horloge dorée posée sur son grand bureau en verre : il était 16 h 30. Il se leva de son fauteuil et saisit le portrait officiel du président qui se trouvait avec d'autres photographies sur une petite table située derrière lui. Son regard chercha celui du chef de l'État. Le ministre de l'Éducation ferma les yeux quelques secondes, le temps d'une profonde inspiration. Dans cinq minutes, il devait adresser un message de « bonne rentrée » aux enseignants et aux élèves. D'habitude, il maîtrisait parfaitement cet exercice ; combien de vidéos n'avait-il pas tournées pour expliquer ses réformes, convaincre qu'avec elles la Nation progresserait vers plus de liberté et de justice sociale. Il n'avait pas ménagé sa peine pendant les deux premières années du quinquennat, mais l'action politique est ainsi, tout est contingent, tout dépend de l'air du temps.

Le message ministériel devait être enregistré dans le jardin de l'hôtel de la rue de Grenelle. Le soleil était au rendez-vous et les deux invités du ministre également. La maquilleuse avait terminé son raccord, Pierre-Henri Dekker serra son nœud de cravate et se plaça dans l'axe de la caméra. Il était entouré de deux hommes habillés en jeans et chemisettes à manches courtes ; l'un portait un gilet jaune, l'autre brandissait un stylo rouge à la main. Le premier était le nouveau député de la 16e circonscription de Paris, le second était le responsable de la fédération syndicale des enseignants. Le ministre débuta son allocution, lut le texte du prompteur sans conviction, sans sa bonne humeur habituelle, souvent raillée sur les réseaux sociaux. Après son intervention, il salua ses deux invités et leur proposa de prendre un rafraîchissement tout en s'excusant de son départ précipité. Le président lui avait donné rendez-vous.

La berline grise l'attendait moteur en marche dans la cour de l'hôtel de Rochechouart. Pierre-Henri Dekker s'installa à l'arrière, à la place gauche côté passager, et demanda à son chauffeur de partir sur-le-champ, sans attendre son directeur de cabinet.

La voix du ministre résonnait dans sa tête : comment en était-on arrivés là en deux ans ? Les « gilets » avaient gagné les législatives mais les nouveaux élus ne connaissaient pas les rouages de l'appareil d'État, le chef de file de la majorité avait lancé, depuis sa cuisine, un appel sur YouTube. Le nouveau gouvernement avait besoin d'experts et de managers pour servir « l'intérêt général ». Fabrice Raffin était prêt, selon ses mots, à « tourner la page », à prononcer « une amnistie symbolique » pour les hauts fonctionnaires et les ministres issus de la société civile qui voudraient prêter « serment » au nouveau pouvoir.

Personne pour accueillir le ministre sur le perron de l'Élysée, pas même un huissier – ils faisaient leur pause. Pierre-Henri Dekker connaissait les lieux, il s'approcha de la porte du petit salon vert situé au premier étage. Deux imposants gardes du corps lui barraient la route. Le plus grand le dévisagea, sortit son smartphone de la poche droite de son costume sombre et le prit en photo. Après avoir consulté le trombinoscope, il laissa entrer le ministre. C'était un « gilet jaune » qui avait été recruté pour ses qualités de boxeur pendant les affrontements avec les forces de l'ordre sur la passerelle Léopold-Sédar-Senghor. Dylan le Boxeur était populaire, ses exploits avaient tourné en boucle sur les réseaux. Son arrestation et sa condamnation à un an de prison avaient fait de lui une figure de la France populaire et, surtout, un homme riche. Son compte en banque avait grossi de quelques centaines de milliers de micro-dons venus de tout l'Hexagone, plus d'un million d'euros lui avait été reversés par le site américain Funding.com. Le président, qui souhaitait faire un geste vis-à-vis des « gilets jaunes » et leur exprimer sa confiance, avait gracié Dylan le Boxeur et lui avait proposé de devenir son deuxième garde du corps attitré. Le premier était aussi célèbre, le site *MediaNet* avait titré à plusieurs reprises sur ses frasques : port illégal d'armes, cumul d'emplois, relations douteuses avec des chefs d'entreprise russes, détention de plusieurs passeports diplomatiques, mensonges devant la commission d'enquête de l'Assemblée, Piedro Pedallo, dit « Pépé », conservait toutefois l'estime du président et de son épouse.

Le ministre de l'Éducation s'approcha du bureau présidentiel, le président lui serra la main et l'invita à s'asseoir dans un confortable canapé rouge Empire. La fatigue avait creusé le visage du chef de l'État, Édouard Simon avait les traits d'un homme de cinquante ans, lui qui en avait quarante. Son ministre, son aîné de dix ans, était dans la force de l'âge, celle que donne la maturité, celle d'un vieux bourgogne, sa terre natale. Pierre-Henri Dekker se lança, la situation imposait le tutoiement :

« Ce n'est pas sérieux, la France rebelle et le Rassemblement patriotique viennent de remporter les législatives et tu veux que je reste ministre de l'Éducation ?

— Il n'y a pas de candidat qui s'impose pour le poste. Tu as entendu Raffin dans sa cuisine, et puis Le Paon n'est pas opposée à la neuropédagogie. Ils cherchent un type comme toi qui a une expérience du pouvoir, capable de s'imposer face à l'administration. J'ai besoin d'alliés dans le gouvernement, de gens qui pèsent !

— Tu as Ségolène ! C'est impossible, tu connais leur programme aussi bien que moi, et je ne te parle pas d'école. Boris Johnson a ouvert la voie avec le Brexit. Ils sont d'accord entre eux, Le Paon a encore tourné sa veste, les deux compères veulent sortir de l'euro ! Asselineau, leur supplétif, pousse dans ce sens, je ne vais pas trahir mes convictions.

— On va entrer dans une période de cohabitation pour une année, je dissoudrai ensuite, j'ai besoin de toi, on entre en résistance. Mitterrand et Chirac ont su le faire et en sortir vainqueurs tous les deux !

— Tu oublies que Mitterrand était populaire, qu'il pouvait compter sur les syndicats et la majorité de la presse. Toi, tu es seul, tu n'as jamais voulu discuter avec les syndicats réformistes, qui se sont retournés contre toi, même la CFDT !

— Les Français vont se reprendre, une fois que les "gilets" auront dépensé tout le pognon, une fois que la fête sera finie, quand la France sera obligée de frapper aux portes des institutions de crédit. Les Français, qui sont des petits épargnants, vont exiger un retour au sérieux. Je ne leur donne pas un an ! On sera là pour botter les fesses aux "gilets" et gagner les législatives, fais-moi confiance ! Et puis, Sarkozy m'a fait savoir qu'on pouvait compter sur lui !

— Non, je ne vais pas me cramer. Que la France populaire te propose n'importe quel crétin comme ministre. Je vais bosser dans le privé. Gogol m'a proposé de prendre la tête d'une petite *task force* pour imaginer l'école neuronale de demain. La recherche avance vite, on va utiliser la thérapie génique pour combattre les maladies "dys" et on a plusieurs pistes pour canaliser les comportements violents des mômes. Imagine une école sans échec scolaire et sans violence, cela devient possible ! Avec les progrès de l'informatique incorporée, nos gosses parleront les langues étrangères sans effort, seront bons en maths et ne feront plus de fautes d'orthographe, une puce et l'intelligence artificielle feront le boulot, les perspectives sont immenses. Non, dès ce soir, je publie un communiqué de presse, je fais mes valises pour les États-Unis. Je ne vais pas m'offrir en spectacle avec les "gilets" : pas de passation de pouvoir, ils ne sont pas républicains, une photo pour la presse et quelques mots à France Info et aux télés suffiront.

— Bon, ta décision est prise. Je ne te raccompagne pas. »

Pierre-Henri Dekker salua de la tête le président et prit rapidement congé. L'entretien avait duré une demi-heure, il était soulagé de quitter le gouvernement. Il avait décidé de s'inspirer de l'exemple de Xavier Monteberg, ancien ministre de l'Alimentation et de la Pêche, qui avait créé son entreprise Sardines de France, afin de mieux préparer son retour à la prochaine présidentielle.

# V

Fabrice Raffin venait d'être nommé Premier ministre par Édouard Simon, il avait carte blanche pour désigner les membres du gouvernement. Le chef de l'État voulait faire passer un message à l'opinion : il n'était, ni de près ni de loin, associé à sa composition. Le seul ministère qui avait fait l'objet d'un âpre marchandage c'était celui de la Défense ; Fabrice Raffin avait dû céder et accepter la prolongation de Ségolène Royal qui rassurait les militaires. Édouard Simon avait dû être convaincant, car l'ex-présidente de la Région poitevine s'était toujours opposée aux thèses du Rassemblement patriotique de Marielle Le Paon, nouvelle alliée de la France rebelle.

La mort subite d'une crise cardiaque de Jean-Louis Manchon lors d'une perquisition des bureaux de son parti arrangeait bien les affaires du nouveau Premier ministre. Comment diriger un gouvernement avec un député qui s'était mis en tête qu'il incarnait, lui seul, la République. Le refus de Marielle Le Paon de siéger au gouvernement était également une bonne nouvelle ; elle préférait prendre le perchoir et assumer la fonction prestigieuse de présidente de l'Assemblée nationale. Le député Gilbert Poullard du Rassemblement patriotique hérita du ministère de l'Immigration et de l'Identité française, tandis que celui de la Famille et du droit des femmes revint à Manon Le Paon, qui avait beaucoup milité contre la procréation médicale assistée et la gestion pour autrui. Le leader des « gilets jaunes », Enrique Rouet, hérita du portefeuille des Transports – il allait pouvoir s'appuyer sur sa bonne connaissance des ronds-points et des villes de France qu'il avait traversées avec son camion. Sans surprise, les représentants des « gilets rouges » furent nommés aux postes sociaux : Éducation nationale, Santé et Travail. Enfin, le ministère de l'Économie, des Finances et du Budget fut attribué à François Asselineau, qui devait préparer la sortie de la France de l'euro. Fabrice Raffin avait récompensé toutes les forces politiques qui avaient conduit à renverser le gouvernement. S'inspirant de son prédécesseur, il imposa à chaque ministre un directeur de cabinet qu'il avait lui-même choisi. Les ministres avaient compris qu'ils feraient essentiellement de la figuration ; l'État allait être dirigé par les équipes de Matignon en lien avec les directeurs des différentes administrations. Fabrice Raffin se coulait dans la gouvernance initiée par Édouard Simon, qui avait fait des membres du gouvernement des collaborateurs sans aucune autonomie, chargés de diffuser dans l'opinion publique la « bonne parole » à partir d'éléments de langage fournis par la présidence.

Le programme des deux partis au pouvoir – la France rebelle et le Rassemblement patriotique – était en rupture avec la politique du chef de l'État. Le gouvernement décida d'aller vite et d'augmenter par décret le Smic de 25 % et les prestations familiales de 50 % ; le pouvoir d'achat, c'était la première revendication des « gilets ». Le contrôle aux frontières fut également rétabli, officiellement pour des raisons de sécurité et pour lutter contre le terrorisme. Les discussions avec la Commission de Bruxelles allaient débuter. Le chef du gouvernement s'était donné une année pour négocier le départ de la France « en douceur » de l'Union européenne. Les banques et les entreprises devaient se préparer au retour du franc, dont le taux de change avait été fixé arbitrairement à un franc pour un euro.

La rupture était donc totale avec le gouvernement précédent. Fabrice Raffin avait promis de tenir ses engagements. Les concessions qu'il avait dû faire au Rassemblement patriotique de Marielle Le Paon ne lui semblaient pas exorbitantes ; il avait toujours combattu l'Europe libérale et considérait que l'immigration pesait depuis trop longtemps à la baisse sur les salaires en faisant grossir « l'armée industrielle de réserve » du capitalisme. Du reste, il pensait que la fermeture des frontières permettrait d'accélérer l'intégration des immigrés déjà présents sur le territoire ; il avait obtenu de Marielle Le Paon qu'elle abandonne son projet de reconduction à la frontière des étrangers en situation illégale. Aucun gouvernement d'ailleurs, pas même celui de Nicolas Sarkozy, n'avait réussi à le mettre en œuvre. Le slogan « Immigration zéro » avait séduit les électeurs « gilets jaunes » pendant la campagne législative, comme il avait été applaudi par les « gilets rouges » : il donnait la priorité à l'intégration des étrangers déjà présents sur le territoire.

En matière d'éducation, le Premier ministre hésitait ; il s'était déclaré « pas personnellement opposé » aux expérimentations lancées par Pierre-Henri Dekker pour promouvoir la neuropédagogie. Il exigeait néanmoins « un retour d'expérience » pour se faire un avis. En revanche, il avait demandé à son ministre de l'Éducation, le communiste Ian Brossard, de rétablir les filières ES, L et S en lycée général et de promouvoir l'enseignement professionnel autour de nouveaux métiers : journalisme, édition, sport, jeux vidéo, etc. Fabrice Raffin voulait que l'enseignement professionnel ne soit plus une voie de garage pour les élèves faibles. Pour finir de convaincre les acteurs de l'école, un plan de rattrapage des traitements avait été négocié et devait aboutir à une hausse des salaires de 20 % en cinq ans. La Cour des comptes avait chiffré à plus de 30 milliards d'euros l'enveloppe nécessaire. Fabrice Raffin envisageait de financer les augmentions de salaires par des économies sur le budget de la Défense. L'accord avec le chef de l'État fut difficile à trouver. Finalement un gel des dépenses de l'armée fut acté, les pressions venant de toutes parts : des élus locaux, des syndicats et de l'industrie d'armement. La dette publique allait encore se creuser et ce n'était pas les hausses de prélèvements sur les entreprises et les ménages les plus aisés qui suffiraient à couvrir le besoin de financement de l'État. La sortie de l'euro s'imposait, c'était le choix du Premier ministre, il avait été validé par une petite majorité de Français lors de la campagne électorale. Le chef du gouvernement pouvait compter sur le zèle de son ministre de l'Économie et des Finances, François Asselineau, qui avait déjà programmé une rencontre avec le Premier ministre anglais Boris Johnson.

# VI

En moins de trois ans, Fabrice Raffin avait gravi les échelons de la notoriété et du pouvoir. Sa radicalité puisait sa source dans ses convictions marxistes mais aussi dans l'expérience de la condition ouvrière. Il n'avait pas accepté la mort de son père à cause de l'amiante, ni l'arthrose de sa mère ouvrière agricole, encore vivante. Il n'avait pas accepté d'être un laissé-pour-compte des vacances d'été, ni d'avoir dû renoncer à passer le concours de Sciences Po, faute de pouvoir se payer une chambre et le billet de train pour Paris. Fabrice Raffin était un incontestable tribun qui avait fait ses premières armes contre le Contrat première embauche (CPE) en 2006 proposé par le gouvernement de droite de Dominique de Villepin. Sa puissance vocale et sa vivacité intellectuelle faisaient de lui un leader étudiant particulièrement redouté par ses professeurs, lorsqu'il prenait la parole en amphi pour appeler à la grève ou lors des séances du conseil d'administration de l'université Paul-Valéry.

Après un master de lettres, Fabrice Raffin décida de monter à Paris, Montpellier étant devenu pour lui un terrain de jeu trop petit. Il débuta sa carrière professionnelle en pigeant pour le journal trotskiste *Rouge* avant de se faire remarquer par un producteur de France Inter. L'émission « Là-bas si j'y suis » connaissait un succès grandissant, de plus en plus dérangeant pour le pouvoir politique. La nomination d'un jeune et ambitieux président de Radio France qui aspirait à une carrière ministérielle précipita le départ de Daniel Mermet à la retraite. L'émission fut remplacée par un magazine sur l'environnement, il fallait selon le président de Radio France dépoussiérer la grille et répondre aux nouvelles attentes des auditeurs.

Fabrice Raffin comprit très vite qu'il ne devrait compter que sur ses propres forces. Il publia un livre intitulé *Les Petits Soldats des médias*, où il dénonçait le formatage idéologique des étudiants en journalisme. Avec l'appui de quelques complices du *Monde diplomatique*, il créa le magazine mensuel *L'Ardoise*, dans le but de publier régulièrement les « vrais chiffres » de l'économie, de la corruption, de la fraude fiscale et de la délinquance en col blanc. Pour ce combat, il avait su convaincre des jeunes chercheurs de l'association des « économistes atterrés » et le couple de sociologues Pinçon-Charlot, qui avait fait un tabac en publiant un ouvrage sur Nicolas Sarkozy, *Le Président des riches*.

Fabrice Raffin n'allait pas en rester là ; le champ journalistique n'était pas le lieu du pouvoir mais un champ dominé, comme l'avait parfaitement expliqué Pierre Bourdieu, son maître à penser, dans ses conférences et son opuscule *Sur le journalisme*.

La fermeture des dernières usines de textile par la famille Arnault allait offrir l'occasion à Fabrice Raffin de conduire un combat politique de terrain. Avec une petite équipe d'amis, il réalisa un film qui mettait en lumière les méthodes de gestion destinées à pousser les salariés vers la sortie, tout en cherchant à réduire au maximum leurs indemnités de licenciement. Le bras de fer qui l'opposa au puissant patron avait intéressé les médias parisiens ; le leader de la France rebelle Jean-Louis Manchon avait invité le journaliste à rejoindre son mouvement et à intégrer le bureau politique. Fabrice Raffin déclina l'offre car il ne voulait rien devoir à personne. Il choisit de se présenter aux législatives dans la circonscription de Béthune sous ses propres couleurs.

Il baptisa son mouvement « Rendez le pognon ! » et fit à ses électeurs deux promesses : avec lui, le Nord aurait enfin sa place dans les médias et, s'il était élu, il ne se verserait comme député que la somme de 1 200 euros, équivalant au Smic. La différence entre son indemnité de parlementaire, 5 000 euros, et le salaire minimum serait reversée à son parti, afin de financer le combat contre les entreprises et les riches. Fabrice Raffin surfait parfaitement sur la haine de la classe politique traditionnelle, mais à la différence de Marielle Le Paon, il n'était pas nationaliste ; pour lui, les frontières étaient des « constructions politiques de la bourgeoisie ».

Ce positionnement avait failli lui coûter la victoire. Il avait eu la chance d'être opposé au second tour à un jeune militant du Rassemblement patriotique, parachuté et ignorant tout de la culture et du territoire, que lui avait sillonné pendant plusieurs mois. Lors d'un débat retransmis sur France 3, l'ignorance des dossiers et de la géographie de la région du candidat d'extrême-droite avait déclenché à plusieurs reprises les rires des journalistes et des spectateurs présents sur le plateau ; les réseaux sociaux s'étaient montrés encore plus cruels, la défaite était totale : Fabrice Raffin gagna le second tour avec 88 % des voix exprimées contre 12 % pour Donatien Couderc. Même les chasseurs et les petits retraités avaient renoncé à soutenir le candidat d'extrême-droite.

# VII

Les hausses de salaires et des prélèvements sociaux furent répercutées par les grandes entreprises dans les prix. Les PME confrontées à la concurrence avaient dû rogner sur leurs marges et réduire drastiquement leurs investissements. Au bout de huit mois, l'inflation atteignait déjà 10 %. Les firmes qui travaillaient à l'exportation perdaient, semaine après semaine, leurs parts de marché, les licenciements comme le chômage étaient repartis à la hausse. Les mesures du gouvernement en faveur du pouvoir d'achat s'essoufflaient, car l'inflation grignotait les revenus réels des ménages. Les épargnants et les petits patrons avaient décidé d'organiser une manifestation nationale.

Depuis la manifestation pour la défense de l'école privée en 1986, personne à droite n'avait connu pareille mobilisation. Les partis de l'opposition avaient donné rendez-vous à leurs militants à Paris pour une démonstration de force le 4 avril. Le président de la République lui-même avait laissé planer le doute, il rejoindrait peut-être le cortège. Le jour J, des cars et des trains venus de toute la France déversèrent plusieurs vagues de manifestants. La place de la République était noire de monde, on dénombrait selon France Info plus d'un million de personnes à 11 heures. Jamais les « gilets jaunes » et « rouges » n'avaient pu rassembler autant.

La manifestation était essentiellement composée de familles avec leurs poussettes, de personnes âgées, de commerçants, de chefs d'entreprise et de professions libérales. Les organisations patronales, la fédération des banques françaises et les associations familiales soutenaient le mouvement. On pouvait lire sur les banderoles : « L'épargne, c'est la vie », « Raffin, aigrefin » ou, plus conflictuel, « Fonctionnaires : au boulot ! » « Gilets jaunes : profiteurs ! » La France était de nouveau coupée en deux : pour les manifestants, le gouvernement était le parti des cigales ; « les fourmis », comme ils se désignaient eux-mêmes, voulaient conserver leurs économies patiemment accumulées.

Fabrice Raffin suivait le cortège depuis les locaux de la préfecture de Paris, là où un an plus tôt un attentat sanglant par un informaticien radicalisé avait été commis. Il espérait secrètement qu'il pourrait assister à quelques scènes de débordement. Mais les organisateurs l'avaient parfaitement compris, ils avaient donné des consignes claires, et puis l'usage de la violence, ce n'était pas le répertoire politique des petits épargnants. La présence du chef de l'État à la tête du cortège avait fini par faire exploser de colère le Premier ministre, les murs épais de la préfecture avaient eu du mal à étouffer les insultes contre le président et les manifestants. Le préfet, qui voulait calmer le Premier ministre, s'était rapproché de lui, sans doute trop. Il fut vite ceinturé par deux gardes du corps, puis amené dans une autre pièce pour être passé à tabac. Fabrice Raffin et son équipe quittèrent la préfecture à bord de grosses berlines noires banalisées, tandis qu'une ambulance du Samu venait prendre en charge la victime. Le lendemain, le directeur de cabinet se rendit au chevet du préfet pour lui annoncer la bonne nouvelle : il serait nommé, dès la fin de sa convalescence, ambassadeur en Bulgarie à la place d'une ancienne rectrice de gauche. Le haut fonctionnaire accepta, en contrepartie il ne devait pas porter plainte contre les gardes du corps du Premier ministre. Le service de l'État avait un prix, souvent l'humiliation par les hommes politiques, jamais la violence, une ère nouvelle venait de s'ouvrir.

Le cortège parisien n'était pas le seul : dans toutes les métropoles régionales, les « fourmis » avaient manifesté. Les défilés avaient fait le plein de protestataires issus de la bourgeoisie ou de la campagne. La France de l'épargne avait un visage. Au total, plus de deux millions de personnes avaient exprimé leur rejet de la politique économique et sociale du gouvernement. Sans pouvoir parler de guerre civile, le pays était depuis plusieurs mois sous tension. La culture du compromis avait cédé la place aux rapports de force permanents et les Français se demandaient ce qu'ils avaient encore en partage au-delà de leurs différences. La France était scindée en deux camps qui se rendaient coup pour coup.

Le Premier ministre refusa de recevoir une délégation de manifestants. Il avait décidé, selon le communiqué de presse publié par Matignon, de « garder le cap quoi qu'il arrive, il avait la confiance d'une majorité de Français ». Son discours devant les députés de l'Assemblée nationale fut longuement applaudi, les images tournaient en boucle sur les chaînes d'information continue. Les « fourmis » n'avaient toutefois pas dit leur dernier mot ; une coordination avait été créée, elle travaillait sur plusieurs scénarios afin de poursuivre le mouvement. Les leaders envisageaient de lancer une « grève des impôts » ; le prélèvement à la source avait limité drastiquement la fraude des salariés, mais les indépendants et tous ceux qui travaillaient à leur compte payaient en fonction de leurs déclarations mensuelles ou trimestrielles de chiffre d'affaires. Si le mouvement était massivement suivi, l'administration fiscale serait dans l'impossibilité de faire face, de nombreux emplois de contrôleurs ayant été supprimés ces dernières années. La menace était donc prise très au sérieux par le gouvernement et le Premier ministre exerçait une pression quotidienne afin que le président de la République appelle au civisme, ce qu'il fit une semaine plus tard sur TF1, le 11 avril à 20 heures :

*« Mes chers compatriotes,*

*Notre pays va mal et le gouvernement a sa part de responsabilité. J'ai entendu le cri des manifestants, de la France qui travaille et qui économise pour l'avenir de ses enfants et du pays. Elle a tout mon soutien. Mais je suis aussi le garant de nos institutions. La désobéissance civile n'est pas la solution, la continuité des services publics exige que chaque salarié, chaque indépendant, chaque entreprise s'acquitte de ses charges et de ses impôts. Je demande à ceux qui se sont appelés eux-mêmes « les fourmis », d'accepter le cycle démocratique. Je l'ai dit au Premier ministre mercredi en Conseil des ministres, je prendrai mes responsabilités si notre pays ne se redresse pas, si le gouvernement persiste dans le projet de sortir de l'euro. Je demanderai aux Français de trancher. L'exemple anglais montre chaque jour que le Brexit était une très mauvaise décision, la lutte contre l'inflation et la rigueur budgétaire n'est ni de gauche ni de droite, c'est tout simplement une exigence.*

*Notre démocratie est robuste. Elle a connu plusieurs crises dans son histoire récente. Je le dis donc ce soir : la dissolution est une option que je n'écarte plus à ce stade. En attendant, je vous appelle, mes chers compatriotes, au sens des responsabilités et au civisme. Je demande à chacun de payer ses impôts et au gouvernement d'infléchir sa politique afin d'éviter à notre pays un enlisement économique et social.*

*Je sais pouvoir compter sur vous. Je vous remercie.*

*Vive la République, vive la France, vive l'Europe ! »*

Entouré par les membres de son cabinet à l'hôtel Matignon, le Premier ministre serra les dents et prit la parole devant ses proches collaborateurs :

« C'est la guerre ! Simon vient de lancer la prochaine campagne électorale. S'il perd les législatives, il ne pourra plus dissoudre jusqu'à la fin de son mandat, il sera alors contraint de démissionner. Il ne sera pas le président du Frexit, il n'a pas la résilience d'un Chirac ou d'un Mitterrand ! La banque et la finance sont prêtes à tous les coups pour nous empêcher de mettre en œuvre notre programme de justice sociale. La bourgeoisie ne désarmera pas.

On va accélérer les préparatifs pour sortir de l'euro. Il faut qu'on soit prêts en octobre, on va gagner les législatives et retrouver enfin notre souveraineté monétaire. La sortie de l'Europe et de l'euro, ce n'est pas la fin du monde ! Nos électeurs ne doivent pas en avoir peur, il faut combattre la désinformation, il faut communiquer. Au boulot !

Et comme dirait l'autre… Vive la France ! »

# VIII

Le lourd hélicoptère de l'armée de l'air se posa sur le terrain de foot du lycée Louis-Vaseclos, le président Édouard Simon en sortit le premier. Une petite délégation martialement alignée attendait : le préfet, reconnaissable à son uniforme et à sa moustache, le recteur, l'inspecteur d'académie et Michel Biguebosse, le proviseur. Plus loin, une dizaine de gendarmes observaient la scène et avaient sécurisé l'héliport improvisé. Le petit cortège se dirigea d'un pas décidé vers l'amphithéâtre éloigné de quatre cents mètres où attendait une assemblée de chefs d'établissement. Les inspecteurs d'académie du Tarn et de l'Aveyron avaient réquisitionné tous les personnels de direction, le ton des deux directeurs de cabinet avait été menaçant : pas question de se défiler, tous les cadres devaient être présents car « c'est un honneur » d'être invité par le président.

Si Édouard Simon se déplaçait, ce n'était pas tellement pour parler de l'école, il voulait lancer dans le débat public une proposition pour « construire une République des Régions », fortement inspirée de l'organisation en Länder de l'Allemagne qu'il considérait comme le modèle à suivre. La perspective de la dissolution de l'Assemblée exigeait d'accélérer, de nourrir le projet du parti présidentiel pour gagner les législatives. L'épreuve du pouvoir l'avait convaincu que seule une nouvelle étape de la décentralisation permettrait de réformer le pays. Lors de ses meetings en province, il avait senti la volonté des Français de se réapproprier la décision politique sur leur territoire. La limitation de la vitesse à 80 km/h était emblématique d'un État jacobin technocratique. La province voulait maîtriser son destin et être libre de choisir la vitesse de circulation sur ses routes. Édouard Simon avait donc décidé de faire une « grande » déclaration sur la démocratie locale. La ville d'Albi avait été choisie, ses élus et ses habitants avaient largement soutenu le président pendant sa conquête du pouvoir en 2017 ; depuis déjà deux jours, une tribune était installée place du Vigan.

Les chefs d'établissement et leurs adjoints étaient tous au rendez-vous, cela faisait exactement trois heures qu'ils attendaient, ils avaient été convoqués à 14 heures. Ils avaient dû franchir un imposant dispositif de sécurité : un portique de détection des métaux, une palpation, un contrôle visuel et numérique de leur identité, ils avaient transmis quelques jours avant une photographie de leur visage pour qu'il soit scanné et répertorié. Les officiers chargés du contrôle ne plaisantaient pas, les services de renseignement étaient inquiets, des menaces avaient été formulées par plusieurs groupes d'opposants.

Michel Biguebosse avait anticipé le retard du président, il s'était souvenu de la dernière visite de Nicolas Sarkozy dans les Pyrénées et de la chaleur étouffante du gymnase où avaient été confinés les chefs d'établissement de la Haute-Garonne. Au lycée Louis-Vaseclos, malgré les bouteilles d'eau fraîche distribuées avec générosité par les agents, les esprits avaient fini par s'échauffer. Édouard Simon descendit la dizaine de marches qui le conduisait à la tribune dans un silence glacial, les personnels de direction étaient restés assis et silencieux. Le président de la République s'excusa pour son retard et demanda à chacun de rester « bien confortablement assis ». Un rire général s'empara alors de l'assemblée, le savoir-faire présidentiel était intact. Dès la fin de son allocution, la tribune fut prise d'assaut. Plusieurs chefs d'établissement entouraient Édouard Simon et le félicitaient pour son discours. Quelques-uns se bousculaient pour un selfie, on assistait, dans une joyeuse confusion, à une fin de meeting. Les gardes du corps étaient débordés, Piedro Pedallo et son acolyte Dylan le Boxeur essayaient de repousser les personnes trop pressantes. Les personnels de direction qui étaient restés sagement assis contemplaient ce spectacle avec bonne humeur. Des paris avaient été lancés, la proviseure de Lapérouse – lycée bourgeois de centre-ville où avait enseigné Jean Jaurès – avait gagné les pronostics. Une fois encore, elle allait triompher : le premier selfie était pour elle et sa collègue du lycée Bellevue, beaucoup moins chic, n'aurait pas droit à cette faveur présidentielle. Le sens du placement est un art ; au lycée Lapérouse, la direction, les professeurs et les élèves cultivaient ce talent depuis trop longtemps.

Le chef de l'État avait décidé de se rendre à pied à la place du Vigan, quatre cents mètres seulement séparaient le lycée Louis-Vaseclos du centre d'Albi. Depuis la veille, le quartier avait été transformé en espace piétonnier, des barrières métalliques avaient été installées tout au long du parcours. Les commerçants de la rue de la Croix-Verte avaient dû fermer leurs échoppes et donner un jour de congé à leurs salariés. Les habitants avaient reçu l'ordre de laisser tous les volets fermés. La mairie avait décidé d'indemniser la perte d'un jour de chiffre d'affaires, la journée était ensoleillée et les Albigeois étaient restés fidèles au président. Après six mois de cohabitation, beaucoup admiraient sa résistance face au Premier ministre Fabrice Raffin qu'ils jugeaient brutal et discourtois.

Le président s'engagea dans la rue de la Croix-Verte sous les cris de joie d'une foule coincée entre les barrières de sécurité et les façades des bâtiments. Depuis l'arrivée du Tour de France l'an passé, Albi n'avait pas connu une telle affluence, les gens se bousculaient pour voir le chef de l'État, les enfants avaient le nez collé au rideau de fer et tendaient leurs mains dans l'espoir de toucher le président. Édouard Simon était précédé par ses deux gardes du corps, la voiture présidentielle roulait au pas derrière lui, elle était encadrée par quatre hommes en costume sombre, lunettes de soleil rivées sur le nez. On devinait sous leur veste une arme de poing, l'un d'eux portait un attaché-case pare-balles, tous étaient équipés d'une oreillette et parlaient par intermittence en rapprochant leur poignet de leur bouche. Le président salua la foule, serra des mains, s'arrêta à plusieurs reprises pour embrasser des enfants. L'enthousiasme du peuple albigeois était sincère. Le soleil était de la fête, le président continuait d'avancer sous la clameur générale. Les anciens de droite trouvaient qu'il y avait du « De Gaulle » chez lui, les vieux de gauche, du « Mitterrand », ils se référaient à la descente des Champs-Élysées après la victoire de 1981. Les femmes le trouvaient « séduisant », les autres badauds n'avaient aucun avis mais se bousculaient pour passer à la télévision, TF1 filmait la scène depuis un drone qui survolait le petit convoi.

Tandis que le président continuait à saluer la foule et de marcher vers la place du Vigan, à une cinquantaine de pas Piedro Pedallo s'était arrêté pour faire un selfie avec une jolie femme blonde à l'élégance toute parisienne. Quelques mots susurrés à son oreille, le garde du corps souleva sa conquête et lui fit franchir la barrière de sécurité. Il arrêta la voiture du président et s'adressa au chauffeur : « Joe, tu la conduis à la tribune, je la récupère. » Un officier de sécurité essaya de s'y opposer mais il fut vite rappelé à l'ordre. Piedro Pedallo était devenu le patron de la sécurité rapprochée du chef de l'État, aucun gendarme, aucun policier n'osait le défier, et ceux qui s'y étaient aventurés avaient été mutés dans un autre service. C'était un proche d'Édouard Simon et le tutoiement présidentiel avait fini par faire de lui un intouchable. L'ancien ministre de l'Intérieur s'en était agacé, il avait dénoncé à plusieurs reprises l'amateurisme du garde du corps et son autorité sans base légale sur les services de l'État. La démission du premier flic de France avait été acceptée dans la journée et on murmurait que son successeur place Beauvau était le témoin de mariage de Piedro Pedallo.

Le garde du corps piétinait d'impatience en bas de la tribune, il voulait tenir sa promesse : un selfie avec le chef de l'État. Édouard Simon était en train de se rafraîchir, la brasserie Le Pontier avait été réquisitionnée. Dans sa loge, plusieurs costumes et chemises parfaitement repassées attendaient le président, il avait également fait venir de Paris sa coiffeuse et sa maquilleuse personnelles, la presse avait révélé leurs salaires : 10 000 euros par mois chacune. Édouard Simon avait demandé à sa femme de rester à l'Élysée, elle travaillait en secret depuis six mois avec des conseillers et des communicants d'Altis à la préparation de la campagne des législatives et du « grand » discours qu'il allait prononcer ce soir.

Le président sortit du Pontier sous les applaudissements des invités et des serveurs, le speaker annonçait son arrivée imminente à la tribune. Édouard Simon s'apprêtait à gravir la première marche pour rejoindre la scène, quand il fut interpellé par Piedro Pedallo. Le chef du cabinet qui se tenait aux côtés du président l'invita à ne pas perdre de temps, toutes les chaînes de télévision retransmettraient dans moins de deux minutes son discours, mais Édouard Simon écarta du bras son sherpa. Le charme de l'accompagnatrice du garde du corps avait opéré : sa robe blanche ivoire très ajustée, ses cheveux blonds noués, son rouge à lèvres carmin, son parfum Chanel, son sourire coquin, tout lui rappelait la première dame quand il l'avait rencontrée. Le chef de l'État se dirigea vers le couple et déposa un baiser sur la main de la jeune femme. Elle demanda si elle pouvait immortaliser cet instant, les deux hommes sourirent en échangeant des regards complices. Elle ouvrit son sac à main et s'empara d'un petit vaporisateur. Quelques secondes plus tard, le président s'écroula, les yeux brûlés par un jet d'acide ; Édouard Simon se roulait à terre de douleur, le sang giclait de ses orbites. Son garde du corps, agenouillé près de lui, criait pour appeler de l'aide. Dans la mêlée des conseillers, des invités et du service d'ordre, l'agresseur avait pu s'enfuir facilement. La rumeur de l'attentat avait gagné la foule, la stupéfaction était totale, le temps s'était figé pour les Albigeois.

Les services de secours avaient transporté le président à l'hôpital Le Bon Sauveur situé à moins de cinq minutes de la place du Vigan. La première dame avait pu rejoindre son mari dans la nuit, le diagnostic vital n'était plus engagé.

Trois jours plus tard, le Secrétaire général de la présidence fit une brève déclaration sur le perron de l'Élysée au milieu d'une forêt d'objectifs pour indiquer que le chef de l'État avait décidé de démissionner, qu'il avait pleinement conscience qu'il ne pourrait plus diriger le pays ou le représenter sur la scène internationale. Il se consacrerait à sa santé et à sa famille. Édouard Simon pouvait bénéficier d'une greffe, les chirurgiens français étaient à la pointe, mais le président avait besoin de toutes ses capacités et de tous ses sens, il n'envisageait pas de gouverner pendant toute la durée de sa convalescence les yeux fermés, et d'offrir au monde l'image d'un président diminué, handicapé, marchant péniblement une main posée sur l'épaule de son garde du corps. En accord avec le Premier ministre, et conformément à la Constitution, le président du Sénat assurerait l'intérim et gérerait avec le gouvernement les affaires courantes. Des élections présidentielles allaient être organisées avant la fin de l'été ; il soutiendrait, selon ses mots, « le mieux placé des candidats » d'En Avant, il avait choisi de prendre du recul, de ne donner aucune consigne de vote aux membres de son parti.

# IX

Pierre-Henri Dekker regardait en boucle les images à la télévision sur CNN, le départ du chef de l'État en ambulance, les journalistes du monde entier devant l'hôpital qui commentaient en direct l'événement, les témoignages des Albigeois en pleurs, celui de la mairesse, effondrée, qui avait compris que sa ville resterait associée à l'attentat contre Édouard Simon.

L'ancien ministre de l'Éducation se trouvait à Atlanta au siège de Gogol, entouré par deux ingénieurs français qui l'avaient rapidement rejoint dans son vaste bureau. La sidération se lisait sur les visages. Pierre-Henri Dekker s'adressa à ses collaborateurs :

« Je rentre en France. Nous y sommes, c'est mon tour. Je ne vais pas laisser Raffin succéder à Édouard. Vous me rejoignez dès que vous le pouvez, je vais avoir besoin des meilleurs pour la campagne présidentielle. »

Cela faisait presque neuf mois que Pierre-Henri Dekker refusait de parler politique, il n'évoquait plus le président, il avait même interdit à sa secrétaire de mentionner son nom. L'ex-ministre n'avait pas répondu au dernier mail sur la messagerie cryptée Telegram du chef de l'État, les deux hommes ne s'étaient pas parlé au téléphone depuis leur dernière entrevue à l'Élysée. La première dame avait bien essayé de renouer le lien, sans succès. Elle avait de l'affection pour celui qu'elle considérait comme le successeur naturel d'Édouard, leur passion commune pour l'école avait fait d'eux des alliés et presque des amis.

À Orly, une petite équipe attendait Pierre-Henri Dekker ; Gogol avait mobilisé le staff parisien, des locaux avaient été loués dans l'urgence dans le VIIe arrondissement, non loin de l'ancien siège du Parti socialiste, rue de Solférino. Le micro-parti créé par Pierre-Henri Dekker avait reçu plusieurs milliers de dons de personnalités, de chefs d'entreprise et de la PEEP, fédération des parents d'élèves classée à droite. Gogol avait mis à sa disposition des ingénieurs informatiques, des spécialistes du marketing digital, des Data Miners qui viendraient renforcer la jeune équipe de conseillers formés à Sciences Po. Les experts de la multinationale avaient été placés en congé « à leur demande », tous avaient reçu la promesse de recevoir plusieurs centaines de stock-options en cas de victoire. Le site *MédiaNet* en avait eu connaissance, mais les grands médias privés ou publics n'avaient pas relayé l'information, elle relevait pour eux du registre de la rumeur et des fake news ; son directeur Eddie Planel avait mauvaise réputation auprès de ses confrères, il avait beaucoup trop joué solo dans sa carrière et confondait, sans s'en excuser, au contraire en le revendiquant, le travail de journaliste et de militant.

Pierre-Henri Dekker venait d'arriver dans les vastes locaux de campagne. Aucun doute possible, tout respirait la Silicone Valley : bureaux en open space, une salle de jeux vidéo, deux baby-foot Bonzini, des canapés Ikea confortables aux couleurs chatoyantes à chaque étage. Les membres de « la team Dekker » pouvaient travailler où ils voulaient avec leurs ordinateurs portables en sirotant leur Coca Zéro. L'équipe pouvait vivre en autarcie, rien n'avait été négligé : faire une sieste dans des transats, se distraire, se muscler, et même se détendre en réservant un spa. Le seul point faible, c'était la restauration ; il fallait passer commande, attendre les cyclistes de Deliveroo et leurs lourds sacs à dos isothermes pour déguster des pizzas ou des sushis. Sur la quarantaine de personnes du quartier général, dix seulement étaient salariés, dont le chauffeur, les deux secrétaires particulières de l'ex-ministre et ses deux gardes du corps qui se relayaient pour assurer sa protection 24 heures sur 24. Tous les autres étaient des militants plus ou moins bénévoles, le plus jeune était âgé de dix-huit ans, le plus vieux de quarante.

L'ex-ministre déjeunait chaque jour avec ses deux plus proches conseillers : sa fille Léa et son gendre Léandre. Les décisions stratégiques, après avoir été débattues en équipe, étaient toujours tranchées en famille autour d'une bouteille d'eau d'Évian. Pierre-Henri Dekker ne buvait pas de vin, il imposait à son entourage et à son staff ce régime à l'eau plate, il ne fumait pas non plus. Sarkozy avait bien essayé de l'initier au plaisir d'un bon havane, il en avait fumé un avec l'ex-président par courtoisie mais s'était promis de ne plus recommencer.

Pierre-Henri Dekker s'imposait chaque jour une heure de boxe avec son coach personnel, il aimait donner des coups en sachant que ceux portés contre lui seraient mesurés au millimètre. Ses proches l'appelaient « disque dur », sa capacité à emmagasiner des milliers d'informations, sa maîtrise parfaite de ses émotions, son goût obsessionnel pour le jeu d'échecs justifiaient ce surnom qu'il avait fini par accepter. Ses deux autres passions connues, c'étaient l'opéra et l'art contemporain – il était capable de faire des milliers de kilomètres en avion pour assister à un concert à Vienne ou voir une exposition à New York. Il avait une faiblesse particulière pour l'italien Maurizio Cattelan. Lorsqu'il était ministre, il avait demandé à Bernard Arnault de lui prêter *Charlie don't surf*, qu'il avait pu admirer à la Fondation LVMH. Cette œuvre représentait un écolier assis à sa table, les deux mains clouées au pupitre, chacune transpercée par un crayon. L'ex-ministre aimait la présenter à ses invités, c'était une allégorie de son engagement en politique : combattre l'échec scolaire.

# X

On ne pouvait pas dire que Pierre-Henri Dekker avait souffert, sa carrière était exemplaire : professeur de d'économie à l'université, conseiller au cabinet du ministre, recteur et, enfin, directeur général de l'enseignement scolaire, numéro deux de la rue de Grenelle. L'ex-ministre avait gravi toutes les marches du ministère de l'Éducation nationale, il avait construit son ascension avec patience et pugnacité, sa capacité de travail et sa créativité étaient louées aussi bien par ses proches collaborateurs que par les hauts fonctionnaires.

Toutefois, l'ancien locataire de l'hôtel de Rochechouart ne faisait pas partie des énarques qui entouraient le président Édouard Simon. Il n'était pas membre du premier cercle, il ne partageait pas avec eux les souvenirs de promotion, il n'avait pas participé aux soirées trop arrosées et il ne pourrait rien révéler de croustillant sur les préférences politiques ou amoureuses des autres élèves de l'ENA. Cette frontière invisible divisait pour la vie les insiders et les outsiders. Cette frustration ne l'avait pas conduit à reprendre à son compte l'analyse de Bourdieu qui avait dénoncé dans plusieurs ouvrages la mainmise de la noblesse d'État sur la vie politique française, cette approche respirait, selon lui, trop l'« ancien monde ». Aujourd'hui, dans les affaires ou en politique, plus que les réseaux, ce qui compte c'est de *faire ses preuves*. Édouard Simon n'avait-il pas expliqué à ses ministres qu'il les évaluerait régulièrement, qu'il leur demanderait des résultats et que l'avenir de chacun en dépendrait ? Contrairement à ses prédécesseurs, Pierre-Henri Dekker avait su mettre au pas son administration et l'inspection générale, mais au cœur du « réacteur », au cœur de l'État, il ne pesait pas grand-chose, Bercy et Matignon gagnaient tous les arbitrages de l'Élysée. Les professeurs et les organisations syndicales avaient compris qu'il resterait le ministre de la parole, que les promesses de revalorisations salariales étalées sur dix années étaient un contrefeu pour étouffer l'opposition aux réformes. L'ex-ministre s'était d'ailleurs piégé lui-même, il avait longtemps expliqué dans ses livres que les mutations nécessaires pouvaient se faire à moyens constants, les comptables de Bercy et de la Cour des comptes ne manquaient jamais de le lui rappeler.

Et puis le projet d'Édouard Simon plaçait au centre l'entreprise, les journalistes aimaient gloser sur la *Start Up Nation*. L'État devait devenir un prestataire de services comme un autre, la bataille de l'innovation et de la compétitivité l'exigeait. Réduire les charges des employeurs, donc la dépense sociale ou publique, voilà le nouveau credo, en fait le seul credo. Le ministre était simplement chargé d'habiller cet objectif. Sa bonne connaissance des acteurs de l'éducation et des coulisses du ministère, sa science de la communication devaient l'aider à réussir dans cette mission ; c'était d'abord pour cela qu'Édouard Simon l'avait recruté, il ne l'ignorait pas. Aujourd'hui, l'entreprise était au centre du jeu, il fallait libérer des ressources financières et humaines pour favoriser la croissance et l'expansion des firmes. La faiblesse des traitements des cadres du secteur public et le gel du point d'indice depuis dix ans détournait les talents vers le marché. Seuls les entrepreneurs étaient capables de garantir la richesse du pays sur le long terme, l'État Providence keynésien était démonétisé sous le poids des dettes, de la bureaucratie et d'un compromis social impossible à trouver avec des organisations syndicales au surmoi marxiste.

Au fond, Pierre-Henri Dekker n'était qu'un pion de ce grand mécano économique et politique, il l'avait ressenti de façon cruelle dans les réunions de travail consacrées au budget de l'enseignement scolaire. Il avait pu observer les sourires complices, parfois les rires sous cape des hommes de Bercy et de Matignon quand il demandait des moyens pour l'école. On l'écoutait poliment et quand il insistait, les énarques lui rappelaient que les professeurs enseignent 650 heures par an alors qu'ils sont payés, comme tous les fonctionnaires, pour 1 600 heures. Même en comptant une heure de préparation et de correction pour une heure de cours, il manque encore 300 heures, soit deux mois de travail. Pierre-Henri Dekker n'ignorait pas que les enseignants français étaient payés en temps libre et que cela convenait finalement à une écrasante majorité d'entre eux. En dehors d'eux-mêmes, personne ne plaignait jamais les professeurs, il fallait bien l'admettre.

Son expérience gouvernementale avait nourri son ressentiment à l'égard d'Édouard Simon qui ne lui avait pas donné les moyens de refonder l'École et de réinventer le métier d'enseignant, elle avait fait naître chez lui un désir d'en découdre. Le champ politique obéit à d'autres lois que celles des manuels de droit constitutionnel, l'ancien universitaire l'avait appris à ses dépens. Le président Giscard d'Estaing avait pourtant vendu la mèche à la fin de son mandat : pour le membre à vie du Conseil constitutionnel, la politique est l'affaire d'une aristocratie. Le *pouvoir pour le pouvoir*, voilà la clé – les programmes, les professions de foi, les financements, les alliés politiques, la société civile et les citoyens sont des outils de conquête dans la lutte pour le pouvoir ou pour le conserver que se livrent les élites. Le mensonge n'est pas un problème mais une ressource, car il n'existe pas de mandat impératif en démocratie, le peuple reste spectateur.

Pierre-Henri Dekker se sentait prêt, il n'était plus cet élève timide qui resterait sur le pas de la porte faute d'avoir de laisser-passer, il avait gagné des galons et de l'assurance. La fréquentation d'Édouard Simon avait mis en lumière les faiblesses du président et ses erreurs de jugement dans la crise des « gilets ». Si Sarkozy avait pu gagner, si le petit avocat avait pu renverser la table et triompher des énarques, le professeur d'université pouvait aussi bousculer les appareils politiques et ce petit monde de l'entre-soi. La démission d'Édouard Simon laissait une place vacante, le Premier ministre n'était plus dans la course, les Français aspiraient au changement. Pour sa campagne, l'ex-ministre pouvait s'appuyer sur une partie de l'opinion publique et sur les médias conservateurs avec lesquels il avait créé des liens de connivence de longue date, il invitait à dîner régulièrement les journalistes du *Point* ou de *Valeurs Actuelles*. Il pouvait encore miser sur les petits marquis, toujours prêts à s'offrir au mieux placé dans les sondages. Pierre-Henri Dekker disposait d'un dernier atout, les équipes et les technologies de Gogol l'aideraient à piloter sa campagne. Il avait encore su nouer des relations cordiales avec les patrons de Twitter ou de Facebook qui avaient pris l'habitude de l'appeler *Dekker*, cela résonnait bien en anglais, cela sonnait comme une marque.

# XI

Dekker invita sa fille et son gendre à prendre place. Leur table était dressée dans une arrière-salle censée les protéger de la presse et des curieux. Le garde du corps précédait toujours l'ex-ministre, il se chargeait d'inspecter les lieux et s'assurait qu'il n'y avait aucun micro. Gogol avait équipé les deux membres de la protection rapprochée d'un système de brouillage et de détection des mouchards, une technologie développée pour la CIA.

L'hôte passa la commande sans demander leur avis à ses invités. Le serveur avait fini par s'habituer à ce qui pourrait apparaître comme de l'impolitesse, mais qui n'était au fond qu'une volonté d'accélérer le temps et de passer à l'essentiel : la campagne électorale. Après avoir adressé un sourire et un clin d'œil complice au serveur, l'ex-ministre engagea la discussion.

« La politique de Raffin est une impasse pour le pays. Les épargnants ont manifesté dans les grandes villes de France. Il faut combattre les "gilets" en opposant le sérieux de nos propositions à la démagogie dispendieuse de la France populaire. L'inflation a poussé dans la rue près de deux millions d'épargnants qui ont vu fondre leurs économies en moins de huit mois. La dette a contraint le gouvernement à augmenter les prélèvements obligatoires. Raffin c'est notre chance, sa dernière déclaration clive encore davantage : avec 4 000 euros de salaire par mois, on ne fait pas partie des riches ! La France des cadres est définitivement de notre côté.

Le doute s'installe même chez les profs de lycée, ils se sentent de plus en plus visés ! »

Léandre et Léa écoutaient leur patron avec plaisir, ils buvaient ses paroles, ils savaient qu'il ne fallait pas l'interrompre, Dekker était lancé et il poursuivit sa démonstration :

« Bon, avec les classes moyennes sup et les vieux qui ont un peu d'oseille – le ministre imitait volontairement le registre de langue d'Édouard Simon – on a un petit tiers du corps électoral, c'est insuffisant. La France populaire ratisse large, elle a les ouvriers, les employés et tous ceux qui détestent l'Europe. Mais Raffin fait peur aux femmes, c'est le digne fils de Manchon, ses coups de gueule, sa violence et sa haine d'Édouard ont laissé des traces. Il faut aller chercher l'électorat féminin. C'est fini, le temps où madame votait comme monsieur. On va leur vendre, notre projet d'école neuronale et de réussite scolaire pour tous. Les femmes sont d'abord des mères ! »

Il fixa du regard sa fille, il avait une mission particulière pour elle.

« Léa, tu t'en occupes, il faut faire rêver les mamans, tu prends contact avec Gogol ; je veux des images avec les jeunes qui sont équipés des dernières puces. Fais-les venir en France, tu vas bien trouver quelques ados franco-américains qui s'expriment parfaitement en français. Tu puises chez tes copines ou les copines de tes copines, les réseaux sociaux ça sert à ça ! Tu réaliseras le reportage. Fais appel pour mon interview à un journaliste du service public, je ne veux pas de publi-reportage, un peu de contradiction c'est pas mal quand même, trouve-moi un type de France Inter, pourquoi pas Demorand. »

L'ex-ministre poursuivit son propos, cette fois il regardait Léandre et celui-ci n'avait pas intérêt à être distrait.

« Toi, Léandre, tu files discrètement chez Gogol. Il me faut les chiffres, je veux dire les vrais, des intentions de vote ! Tu réunis l'équipe "débat" et tu prépares le second tour. On aura en face de nous Raffin pour la France populaire, Hollande est hors course, les socialistes vont présenter Piketty, c'est un intello respectable mais avec ses propositions de doter chaque jeune français d'un capital de 120 000 euros, il plane à dix mille – il va finir par atterrir ! Les communistes n'existent plus depuis des années et Le Paon s'est ralliée à Raffin. Depuis son débat raté contre Édouard, elle est tétanisée. Enfin, Bertrand, c'est une baudruche, il va se dégonfler avant le premier tour et il me mangera dans la main. Il a déjà essayé de me contacter pour qu'on se rencontre. Ce type est ambitieux et il connaît aussi ses limites personnelles. Ce n'est pas un mauvais président de Région, il peut monter d'un cran et devenir président de l'Assemblée nationale, il faudra qu'il évite de déguster du homard pour la Saint-Valentin s'il veut faire carrière dans ce poste ! Non, notre problème, ce sont les Verts, ils attirent massivement les CSP+. La démission d'Édouard va donner des ailes à Nicolas Halot. Aujourd'hui, il veut une revanche, et puis j'incarne à ses yeux le Mal absolu : la technologie, le modèle américain et Gogol. Ce type refuse le progrès, il a une vision figée de la nature, il ne croit pas dans l'Homme ni dans sa capacité de dépassement. C'est au fond un pessimiste, un dépressif permanent et, surtout, un homme seul. Il va s'écrouler, croyez-moi ! Les CSP+ ne sont pas des "décroissants", ils veulent surtout avoir bonne conscience, ils veulent protéger la planète et continuer à conduire leur SUV et à prendre l'avion pour leurs vacances à l'autre bout de la planète. Ce sont des "jouisseurs verts". La technologie va permettre de les ramener à nous, la voiture et l'avion électriques arrivent, Gogol avance vite et Renault n'est pas loin derrière ! L'alliance du progrès technique et de la nature, c'est notre credo. La France populaire, c'est l'addition de l'égalitarisme et du nationalisme, ça fait des voix dans les campagnes et les banlieues, c'est terriblement franchouillard. Raffin rêve au fond de réinventer l'Albanie communiste ! »

La longue tirade de Dekker avait galvanisé son gendre et sa fille. Ils n'avaient pas osé se lever et applaudir, la salle de restaurant leur imposait une certaine retenue. En meeting, ils auraient pu saluer l'orateur par des cris de joie, se mettre debout d'un seul homme avec l'ensemble des militants et exhiber aux caméras leur tee-shirt violet : « Je vote Dekker, j'en suis fier ! »

Le repas fut vite avalé. L'ex-ministre quitta sa place à trois reprises pour téléphoner, ses invités eurent droit à un scoop en buvant leur café : Nicolas Halot était prêt à se rallier au second tour, Fabrice Raffin lui faisait peur, mais il voulait des « engagements sur l'environnement ». Cette information n'était pas publique, elle venait de l'équipe de campagne de l'ancien ministre de l'Environnement. Personne dans son entourage ne croyait à sa victoire, les conseillers essayaient déjà de se recaser en faisant fuiter des informations. Dekker était en relation étroite avec la directrice de campagne de Nicolas Halot, une ancienne de l'Essec, l'ex-ministre de l'Écologie le savait parfaitement.

# XII

*Jeudi 9 mai 2020*

Chez Gaston, ce soir-là, ils n'étaient que deux. François Hollande avait invité à dîner l'économiste Thomas Piketty, il n'avait qu'un seul but en tête : le faire renoncer à la présidentielle. L'intellectuel savait que c'était un piège, il connaissait Hollande, son charme et son art très chiraquien de flatter pour mieux dévorer sa proie. Les deux hommes avaient de l'estime l'un pour l'autre, Piketty admirait les qualités de résilience de Hollande : aucun président de la V$^e$ République n'avait eu l'audace de laisser passer un mandat pour mieux se représenter, il fallait être un sacré joueur d'échecs pour l'envisager. L'ancien chef d'État était, lui, époustouflé par la capacité de travail et de synthèse de l'économiste : rédiger deux ouvrages de mille pages chacun en cinq ans, quel autre chercheur en sciences sociales pouvait réaliser ce tour de force ? Et puis, il était abasourdi par le succès mondial de *Capital au XXI$^e$ siècle*, vendu à plus de 2,5 millions d'exemplaires. Mais Piketty était trop à gauche pour décrocher le Nobel d'économie, il refusait de faire tourner les modèles pour optimiser l'allocation des ressources, il laissait aux ingénieurs de l'École d'économie de Toulouse (TSE) et à leur gourou, Jean Tirole, l'adoration des mécanismes naturels du marché.

Si Piketty avait accepté l'invitation, c'était tout simplement parce qu'il en avait gros sur le cœur. Comme tous les électeurs de gauche qui avaient suivi le discours du Bourget, il voulait dire ses quatre vérités à l'ex-président, les lui exprimer en face, dans les yeux. Depuis six mois, François Hollande avait repris un régime, il avait perdu ses joues, il soignait ses problèmes de tension en s'astreignant à une heure de marche par jour, c'était peut-être le seul héritage que lui avait laissé Mitterrand, le goût pour la promenade quotidienne. Il n'avait pas mis à profit son temps libre pour lire ou se cultiver, il aimait trop les gens pour cela.

Gaston servit aux deux convives une salade verte censée leur ouvrir l'appétit. Le restaurateur avait proposé aux deux hommes un pic-saint-loup, le domaine de l'Hortus, grande cuvée. Les deux interlocuteurs aimaient les vins puissants du Languedoc.

« François, tu ne peux pas te représenter. Les gens de gauche aiment le bonhomme, pas tes idées, et surtout pas ton bilan. Tu as fait rêver les classes populaires et les classes moyennes, tu leur as fait croire que tu allais poursuivre le travail de Jospin et réussir à concilier croissance économique et progrès social. Et puis, au bout de deux ans à peine, tu changes de cap, tu choisis la politique de l'offre, tu choisis le camp des économistes néolibéraux, tu te laisses séduire par Bercy, tu redeviens un énarque froid oubliant au passage qui t'avait élu et pour quoi faire. Le chômage n'a pas baissé, la pauvreté n'a pas reculé, les libertés publiques n'ont pas progressé, l'Europe n'a pas bougé. Tu as même perdu les profs, ils pensaient qu'avec Peillon puis Najat, tu redonnerais à ce métier son attractivité et un nouveau souffle à l'école de la République. Non, rien de tout cela n'est sorti de ton mandat. Quel gâchis !

— Thomas, tu vis dans le monde des livres, dans le monde des "il y a qu'à" et "faut qu'on". Je ne comprends pas que toi, l'économiste, tu ne réalises pas qu'on vit dans une économie mondialisée. Penses-tu sérieusement que les grandes puissances, le Japon, les États-Unis ou la Chine vont se mettre autour de la table et construire avec l'Europe le projet de social-fédéralisme à l'échelle mondiale que tu préconises ! On n'arrive déjà pas à avancer avec les Allemands qui refusent l'idée d'un impôt et d'un budget européens ! Tu crois vraiment que la France va rester une grande puissance économique en augmentant les taux d'imposition et les charges des entreprises, que nous avons les moyens de la redistribution que tu proposes ? Qui à gauche ne serait pas d'accord avec toi pour doter chaque jeune de vingt-cinq ans de 120 000 euros d'héritage ? Qui à gauche ne serait pas d'accord pour le revenu de base universel ou pour réduire encore le temps de travail ? Nous n'avons pas les moyens de tout cela. Tu veux que la France devienne un pays pour touristes ! Nous avons besoin des entrepreneurs, nous avons besoin d'une industrie, nous ne pouvons pas taxer les revenus du capital avec un taux marginal à 80 ou 90 % comme tu le suggères. La fin du capitalisme, souhaitable pour l'humanité et la planète, nous ne la verrons pas de notre vivant !

— C'est pour cela que tu ne peux plus incarner la gauche, tu as renoncé à l'Utopie, tu es devenu un gestionnaire comme les autres, tu n'es plus socialiste, t'en rends-tu compte au moins !

— Je suis d'accord sur ce point, je ne crois pas à la lutte des classes, on ne peut pas opposer comme tu le fais à longueur de bouquins Capital et Travail. Moi, j'ai fait mon coming out : "Oui, j'aime l'entreprise !" comme dirait Valls. L'entreprise n'est ni de gauche, ni de droite, elle est au cœur de l'écosystème, on doit la protéger aussi. La France est sur-bureaucratisée et vit à crédit, il n'y a que les fonctionnaires et les syndicats qui ne le voient pas, l'État ne peut pas tout, Jospin le disait déjà aux ouvriers de Vilvorde, il y a plus de vingt ans !

— Justement, à propos de l'entreprise : qu'as-tu fait, hormis augmenter les rentes et les marges des grandes firmes ? Tu serais crédible si tu avais offert la possibilité aux jeunes de créer leur boîte et aux salariés de reprendre les PME, si tu avais donné plus de pouvoirs aux syndicats dans la gouvernance des multinationales. Pour le coup, tu aurais pu t'inspirer des Allemands, cela fait des lustres que les salariés disposent de la moitié des droits de vote au conseil d'administration dans les grandes boîtes. Tu n'as été ni courageux ni créatif et pourtant dans notre camp, les idées pour réguler le capitalisme ne manquent pas, il n'y a pas que Terra Nova ! Tu proposes quoi, aujourd'hui, de réformer les institutions de la V$^e$ République et de porter la durée du mandat présidentiel à six ans, c'est cela ? L'économie a disparu de ta réflexion, ce n'est plus TA priorité, c'est symptomatique !

— Tu veux aller vers un *socialisme participatif*, l'expression est belle, mais crois-tu que les Français soient d'accord ? Regarde Raffin, il a mis deux millions de personnes dans la rue et sa tentative de relance de la demande est en train d'échouer ! Cela ne te fait pas réfléchir ? Il faut que tu fasses l'expérience du pouvoir. Tu fais de la politique en laboratoire et sur le papier, c'est facile. Moi, je te propose d'en faire sur le terrain, à la place que tu souhaiteras comme conseiller spécial ou ministre. Oui, je te propose de te salir les mains !

— Je vais le faire pendant cette campagne. Tu n'as rien compris, aujourd'hui tu es comme Sarkozy, un souvenir, une tête familière avec qui on souhaite faire des selfies. Même le trop sérieux Cazeneuve ne croit plus en toi ! Fais des conférences, écris des livres, profite de ta retraite et voyage avec Julie ! »

L'économiste se leva de table après avoir avalé un dernier verre de pic-saint-loup et salué son hôte. C'était la deuxième fois qu'il refusait la main tendue par François Hollande. Après avoir décliné la légion d'honneur, il ne scellerait pas ce soir une alliance entre la gauche des terroirs, des bottes en plastique et des étables et la gauche intello des centres-villes qui aime

Pierre Soulages et le jazz. L'ancien président se jeta goulûment sur le rôti d'agneau et l'écrasé de pommes de terre. Gaston prit la place de Piketty et termina le repas avec l'ancien président, qui conclut avec humour « Moi, je n'ai pas eu la chance d'avoir un père trotskyste et une mère institutrice qui font la leçon. Je reste un fils de médecin et d'une assistante sociale qui soulagent ! »

# XIII

Léandre poussa la lourde porte vitrée du siège de Gogol France ; il se présenta à l'accueil. On lui demanda de patienter en choisissant une place parmi les luxueux clubs en cuir noirs, installés autour d'un tapis siglé du nom de la firme américaine. Léandre n'eut pas le temps d'ouvrir sa petite sacoche pour y chercher ses notes, un homme en costume se tenait déjà près de lui et l'invita à le suivre. Gogol avait eu l'accord du maire de Paris pour reconstruire la Tour Montparnasse en doublant sa hauteur. Après avoir gravi les quatre-vingts étages en ascenseur, Léandre s'apprêtait à être reçu par le directeur entouré de deux conseillers, une femme et un homme noir. La parité et la mixité étaient devenues une exigence, la multinationale communiquait beaucoup sur ce thème, elle se voulait exemplaire, comme elle se voulait écoresponsable.

Chacun s'installa autour d'une grande table en verre, symbole de transparence. Après une rapide présentation des participants, le directeur général Henri de la Touche prit la parole et débuta la projection de courbes, de tableaux et de schémas pour appuyer son exposé. Gogol avait infiltré les ordinateurs de toutes les entreprises qui réalisaient des sondages d'opinion en France ; l'entreprise avait connaissance en temps réel des derniers résultats. Mieux encore, la firme américaine contrôlait à distance les ordinateurs personnels des politologues et des journalistes politiques qui commentaient la campagne dans les médias. Pour corroborer ses propos, le patron de la filiale française de Gogol montra à son hôte le visage de Pierre Giacometti, directeur d'Ipsos, qui consultait derrière son écran les dernières courbes d'intention de vote pour son client Fabrice Raffin. Puis ce fut le tour du journaliste de France Info, Jean-François Achilli, qui rédigeait le conducteur de son émission « Les Informés ». Les ingénieurs de Gogol avaient pris le contrôle de la caméra, du clavier et du disque dur des ordinateurs personnels des deux hommes. Léandre pouvait lire en temps réel les questions que poserait ce soir Achilli à ses invités, il pouvait voir Giacometti se frotter le front et s'interroger. Henri de la Touche leva les bras pour attirer l'attention de son auditoire, il s'adressa à sa collaboratrice qui pianotait sur sa tablette. « C'est à vous, Éléonor ! » Une seconde plus tard, sur l'écran des ordinateurs portables des deux cibles, une fenêtre pop-up s'afficha et on vit apparaître un portrait de Fabrice Raffin, club de golf à la main, casquette bien vissée sur la tête, qui terminait son swing. Cette image était explosive car le candidat de la France populaire, un peu comme Mitterrand en 1981, se présentait comme le porte-parole du peuple et le meilleur ennemi des élites et de leur mode de vie. Le politologue et le journaliste se rapprochèrent tous les deux de leur écran, l'image avait disparu. Achilli saisit son téléphone portable et appela la cellule d'investigation de France Info, on pouvait écouter sa conversation : « Claude, c'est quoi cette photo de Raffin en tenue de golfeur ? » Son interlocuteur lui demanda de quoi il parlait. « Claude, écoute-moi, ce n'était pas une hallucination, j'ai vu le Premier ministre sur un green. Faut retrouver cette photo ! Mets tes gars sur le coup. » Le journaliste composa un deuxième numéro : « Rémy, c'est Jean-François, mon ordinateur a été piraté, trouve-moi un autre PC et contacte le responsable du service informatique. »

Léandre interrogea le patron de Gogol : « C'est très risqué, Achilli sait maintenant ! » L'affirmation fit rire Henri de la Touche. « Bien sûr, l'essentiel, c'est qu'Achilli et son équipe retrouvent la photo et on va les y aider ! Ne vous en faites pas, on contrôle non seulement tous les ordinateurs de la rédaction de France Info, on est aussi capables de suivre toutes leurs requêtes sur internet. Aucun journaliste ne peut aujourd'hui se passer de notre moteur de recherche. On n'échappe pas à Gogol comme cela ! »

Pierre Giacometti s'était contenté de se frotter les yeux, il s'était levé de son bureau pour se servir une tasse de café noir. Il n'était pas surpris, car il lui arrivait de jouer au golf avec le leader de la France populaire et la photographie venait justement de son ordinateur personnel : c'est lui qui avait immortalisé le swing. Rien de bien grave, il avait dû faire une fausse manipulation et ouvrir une archive. Le politologue téléphona à Fabrice Raffin sans savoir qu'il était enregistré. Il laissa un message sur son répondeur : « Fabrice, c'est Pierre. Je viens de regarder les dernières intentions de vote, tu décroches encore dans l'électorat féminin et Dekker progresse, y compris chez les profs ! Il faut qu'on en parle avec ton équipe. »

Henri de la Touche était fier de sa technologie, il ne laissait deviner aucun conflit de valeurs. En politique « la fin justifie les moyens » aimait-il répéter à ses collaborateurs. Il cita Machiavel et le nom d'un vieux philosophe, Jean-Paul Sartre, qu'on n'étudiait plus depuis longtemps, auteur d'une pièce à succès, *Les Mains sales*. Henri de la Touche adorait surprendre son auditoire en citant des philosophes ou des grands écrivains français ; selon ses amis, c'était son côté *so french* : la technologie high-tech avec un soupçon de culture générale pour briller en société. La recette fonctionne toujours, en classe préparatoire ou dans les grandes écoles on apprend aux étudiants à parler de tout, sans rien véritablement maîtriser ; la culture « Que sais-je » a encore un bel avenir !

Le directeur de Gogol France expliqua son plan à Léandre pour appuyer la candidature de l'ex-ministre.

« Dans l'immédiat on ne bouge pas, on se contente de décrédibiliser Raffin. On va publier quelques photographies avec des VIP et son patrimoine ; il n'est pas énorme mais les Français ont un gros problème avec l'argent. Il a caché à son électorat qu'ils étaient, avec sa femme, imposables sur la fortune. Lui n'est pas très riche, il a le patrimoine moyen d'un cadre, autour de 400 000 euros. En revanche, son épouse est une héritière, elle possède une maison à l'Île de Ré, un appartement à Londres et un confortable portefeuille d'actions de la Française des Jeux. Il n'aurait jamais dû se marier ! Depuis qu'il est Premier ministre, il a pris le goût du luxe, il a passé de belles vacances en Égypte, un rêve de gosse. Cela ne passera pas auprès de son électorat, de le voir en tenue coloniale chevaucher un dromadaire, avec en arrière-fond les pyramides, et de faire des longueurs dans la magnifique piscine entourée de plantureuses jeunes femmes. On n'a pas de vie privée quand on est un responsable politique, le dîner fastueux avec Al-Sissi, c'est encore une faute pour ses électeurs. »

Léandre était véritablement pétrifié par ces révélations. La vie cachée de Fabrice Raffin était très éloignée de la communication gouvernementale et du dernier reportage de *Match*, où on le voyait avec sa femme dans leur maison de Haute-Loire en train de lire, dans deux veilles chaises longues en osier, sous un noyer. Il y avait donc deux Fabrice Raffin, comme il y avait eu deux Mitterrand, deux Chirac, deux Giscard. Les deux seuls qui avaient assumé leurs amitiés et leur goût pour le luxe, c'étaient Sarkozy et Marron. On comprend pourquoi ils avaient fini par devenir amis, la détestation de Hollande ne pouvait suffire.

# XIV

Les révélations concernant le mode et le niveau de vie du Premier ministre avaient amputé son capital électoral. Une partie des « gilets » avaient décidé de se réfugier dans l'abstention ; pour eux, la démocratie représentative était définitivement corrompue, la seule issue c'était d'organiser la résistance de la base, si besoin par des actions violentes. Les thèses du petit groupe anarchiste « No Future » et de son leader charismatique, auteur de l'ouvrage *Cette insurrection qui monte*, avaient fini par convaincre les plus jeunes parmi les « gilets jaunes ». Les petits fonctionnaires et salariés du public, les « gilets rouges », étaient plus modérés ; ils s'étaient finalement rangés derrière la thèse du complot défendue par Fabrice Raffin. Le chef du gouvernement avait expliqué que les reportages publiés étaient illustrés par des photos truquées. Il ne jouait pas au golf et ne s'était jamais baigné dans une piscine « au milieu de sirènes à demi dénudées ». Fabrice Raffin avait bien admis qu'il payait l'impôt sur la fortune, il s'était d'ailleurs demandé pourquoi on ne le félicitait pas d'avoir doublé le taux d'imposition, quand son prédécesseur, qui payait l'ISF, l'avait supprimé. Certes, il vivait avec une femme riche, ce n'était pas une stratégie matrimoniale, seulement « un coup de foudre qui peut arriver à chacun de nous ». Après son interview confession sur France 2 dans le journal télévisé de Laurent Delahousse, les Français restaient partagés : avec 30 % des intentions de vote, Fabrice Raffin était au coude à coude avec Pierre-Henri Dekker, qui réunissait sur son nom 28 % des électeurs. La faiblesse du candidat de la France populaire, c'était toujours le vote des femmes, mais surtout la volatilité de son électorat : moins d'un électeur sur deux se déclarait « certain » de participer au scrutin alors que le taux de participation grimpait à 80 % pour l'ancien ministre de l'Éducation.

Le premier tour s'annonçait donc serré. Le candidat des Verts, Nicolas Halot, était crédité d'un score proche de 15 %. Son électorat était très hétérogène et regroupait aussi bien des électeurs socialistes qui auraient dû voter Thomas Piketty, que des écologistes aux convictions anciennes, des jeunes étudiants qui avaient répondu à l'appel de Greta Thunberg ou encore des diplômés de l'enseignement supérieur qui se méfiaient des tendances autoritaires des deux candidats en tête des sondages. Nicolas Halot avait dénoncé dans ses meetings, la « société de contrôle » que préparaient selon lui ses deux rivaux pour des raisons différentes : maximiser l'impôt ou lutter contre l'évasion fiscale pour Raffin et augmenter la productivité des salariés ou les performances des élèves pour Dekker.

Les 27 % d'intentions de vote restants se répartissaient entre plusieurs formations : le Parti des chasseurs français (le PCF), le Front des musulmans laïcs (FML) et le Mouvement royaliste, dont le leader était un ancien animateur à succès, Thierry Ardisson. Sa candidature était soutenue par des peoples, des lauréats de jeux télévisés ou des comédiens qui jouaient dans la série culte *Plus belle la vie*. Le jour du dépôt des cinq cents parrainages, un dernier parti déposa in extremis une candidature. L'écrivain Michel Houellebecq avait décidé de livrer un combat « civilisationnel », selon ses termes, contre le leader du Front des musulmans laïcs, un ancien secrétaire d'État au numérique. L'auteur de *Soumission* s'opposait au « grand remplacement », il avait refusé les avances de Manon Le Paon qui n'aimait ni les écrivains, ni les comédiens, ni les chanteurs et encore moins les intermittents du spectacle, dont elle dénonçait régulièrement le coût extravagant pour les caisses d'allocation chômage.

Le Parti des artistes (LPA) avait été créé en toute hâte. Lors de la conférence de presse qui devait lancer sa campagne, Michel Houellebecq avait dû faire expulser de la petite salle où il avait invité les journalistes l'écrivain Yann Moix. Cela faisait maintenant un an que l'auteur d'*Orléans* ne passait plus à la télévision, le départ définitif pour Cuba du producteur de France 2 Laurent Ruquier avait scellé son sort sur le service public et les médias privés se méfiaient des procès à répétition que sa parole débridée ne manquerait pas de provoquer. Ils étaient déjà financièrement épuisés par les condamnations d'Éric Zemmour par la justice. Yann Moix se disait victime d'un complot, il avait annoncé sur sa page Facebook qu'il demanderait, dans l'ordre, l'asile politique à la Corée du Nord, à la Russie et à la Chine. En cas de refus, il s'installerait définitivement dans la banlieue orléanaise, il avait le projet – imitant en cela le philosophe Michel Onfray – de créer une Université populaire destinée au peuple « vrai et sain » qui n'était pas corrompu par l'individualisme, le parisianisme et l'occidentalisation des corps et des esprits. Désormais, Yann Moix se plaçait, selon ses propos, « dans les pas » de l'ethnologue Claude Lévi-Strauss et il allait lire, enseigner et écrire. Il avait décidé d'abandonner le cinéma définitivement.

Les deux débats entre les candidats du premier tour, l'un organisé sur le service public, l'autre sur TF1 et BFM, n'avaient pas passionné les Français. Le grand vainqueur, c'était Michel Houellebecq. Il ne décollait pas dans les sondages, mais les ventes de ses livres battaient des records, *Soumission* venait d'être réimprimé à plus de trois cent mille exemplaires et *Sérotonine* à cent mille. Le second tour semblait joué, les deux grands partis avaient réussi à renforcer leurs camps respectifs, la détestation de l'adversaire était un puissant moteur de mobilisation collective, les électeurs d'En Avant et de la France populaire étaient chaque jour plus certains de se rendre aux urnes, l'abstention potentielle avait reculé selon les instituts de sondage. Le choc attendu entre le Premier ministre Fabrice Raffin et l'ex-ministre de l'Éducation Pierre-Henri Dekker allait bien avoir lieu.

# XV

*Dimanche 21 juin 2020*

À la surprise générale, Fabrice Raffin avait conservé son avance, il précédait son challenger de deux points avec 29 % des voix contre 27 % pour l'ex-ministre de l'Éducation. Pour le second tour, les reports de voix étaient incertains. Finalement, Nicolas Halot, sous la pression de sa base, avait appelé à voter blanc. Le Parti socialiste ne donnait aucune consigne de vote, Thomas Piketty avait rassemblé sur son nom moins de 8 % des voix – il avait plus de lecteurs que d'électeurs –, quant à Michel Houellebecq, il avait annoncé qu'il retournait en Irlande et qu'avant de prendre l'avion, il rendrait sa légion d'honneur. Seul Thierry Ardisson avait désigné son candidat du second tour. Sans surprise, il s'agissait de Pierre-Henri Dekker. Les autres formations défaites appelaient à l'« abstention citoyenne ».

*Dimanche 28 juin 2020*

Les équipes des deux candidats s'étaient longuement rencontrées, il ne fallait rien laisser au hasard, ni la réalisation de l'émission, ni les décors, ni la taille de la table qui séparerait les deux hommes. Le choix des journalistes n'avait pas été long à trancher, car leur rôle consistait à relancer les candidats par des questions ou reformulations, et en aucune manière à les mettre en difficulté. De toute façon, cela faisait longtemps que c'était la pratique ordinaire, sur France 2 comme sur TF1.

Les deux concurrents étaient confortablement assis l'un en face de l'autre. Au centre de la table officiaient deux journalistes, Ruth Elkrief pour TF1 et Laurent Delahousse pour France 2. L'émission était enregistrée dans les conditions du direct, avec un décalage de deux minutes pour faire face à toute manifestation ou invasion du plateau par les intermittents du spectacle.

Raffin était habillé comme d'habitude en jean polo, il refusait de porter une cravate, signe pour lui de verticalité. Dekker était, lui, plus élégant qu'à l'accoutumée, il voulait rassurer la bourgeoisie et donner l'image d'un homme respectable qui avait déjà endossé l'habit de chef de l'État, il y avait ce soir-là du Jacques Chirac en lui. Son challenger ressemblait davantage au leader du Parti anticapitaliste, Philippe Poutou. Le chronomètre affichait le décompte, le débat allait commencer dans cinq minutes, tous les conseillers avaient regagné leurs fauteuils, les journalistes relisaient leurs notes sans quitter des yeux leur écran de contrôle.

Au bout d'une heure d'émission, les spectateurs s'ennuyaient ferme devant leur poste de télévision. Fabrice Raffin avait réaffirmé sa position : la France devait cesser de s'engager militairement à l'étranger, le « néocolonialisme » n'était plus d'actualité. Pour Dekker, la France n'était pas n'importe quel pays, c'était la voix des Droits de l'Homme, la voix de la Culture et de la Raison. La France avait eu raison d'accepter le mandat des Nations unies qui lui confiait la sécurisation d'un espace aérien à la frontière syrienne.

Les journalistes indiquèrent aux candidats qu'ils allaient leur montrer à chacun une photo qu'ils devraient commenter en cinq minutes. Cette forme d'interpellation n'avait pas été prévue mais aucun des candidats n'osa s'y opposer. Ruth Elkrief montra au Premier ministre la photo sur laquelle on le voyait terminer son swing.

« C'est un montage, je ne vais pas commenter une rumeur, une infox, une fake new !

— Vous êtes sûr, monsieur le Premier ministre ? car les journalistes de France Info ont conduit une enquête sérieuse. La photographie a été prise en Suisse par Pierre Giacometti le politologue, votre conseiller électoral.

— Non, c'est un faux ! Je ne joue pas au golf ! Pendant mes vacances, je joue au foot sur la plage ou à la pétanque avec mes amis ! »

Sans y être invité, le ministre de l'Éducation prit la parole :

« Pourquoi mentez-vous ? Vous avez le droit d'aimer le golf, moi j'y joue régulièrement, je ne vois pas où est le problème ! Ou bien, je dois comprendre que si vous jouez au golf, cela signifie, dans votre tête, que vous ne pouvez pas représenter le peuple ! Les Français se moquent de savoir quel sport vous pratiquez, ils veulent des résultats, ils ne veulent pas que leurs économies soient dévorées par une inflation que vous ne maîtrisez plus ! »

Fabrice Raffin allait répondre, il fut coupé par les deux journalistes qui montrèrent une autre photo ; celle-ci s'adressait au candidat d'En Avant : on le voyait dans son vaste bureau à Atlanta au siège de Gogol. Pierre-Henri Dekker hocha la tête et commenta la photo, son enthousiasme était sincère :

« Je voudrais m'adresser aux mères qui sont devant leur écran et leur dire : mesdames, je suis parti à Atlanta pour rapporter ici en France des innovations qui vont changer la vie de nos enfants : plus de fautes d'orthographe, plus d'erreurs de calcul, un apprentissage accéléré de l'anglais, plus de devoirs à la maison car les élèves auront appris dès la première fois. Plus d'injustice entre ceux qui ont une chambre pour bien travailler et les autres, plus d'inégalités entre les fils de bonne famille et les autres. Imaginez une école sans échec scolaire ! Les programmes de Gogol vont plus loin. Nous allons pouvoir faire disparaître l'autisme et éradiquer la violence ! Mesdames, je ne suis pas le candidat de Gogol, je suis le candidat du progrès de l'école, je suis le candidat de l'égalité des chances ! »

Fabrice Raffin réagit sans demander la parole :

« Ce n'est pas sérieux ! Ce n'est pas sérieux ! Vous êtes candidat à la présidentielle en France et vous allez chercher les réponses aux États-Unis chez Gogol ! »

L'ex-ministre ne laissa pas le Premier ministre prolonger son propos :

« Nous avons eu besoin de l'aide des Américains pour lutter contre les nazis, pour limiter en Europe l'expansion des communistes, vos amis, puis pour la reconstruction économique de notre pays après la Seconde Guerre mondiale et pour protéger l'Europe libre du bloc soviétique. Moi, j'ai de la reconnaissance pour l'Amérique et je sais où sont nos vrais amis ! »

La réponse de son opposant ne tarda pas :

« Eh bien moi, monsieur *Gogol*, je dis que notre véritable ami, c'est la Russie et je souhaite qu'elle entre dans l'Europe pour défendre notre identité européenne ! Je veux, comme le Général de Gaulle, une Europe des nations et retrouver notre souveraineté. Vous êtes le candidat de l'Amérique, du capital et des firmes multinationales ! Je suis le candidat du peuple, des ouvriers, des employés, des petits fonctionnaires. Vous voulez une Europe soumise au dollar, je veux que mon pays retrouve sa monnaie, un nouveau franc, source de liberté et de prospérité ! »

Laurent Delahousse annonça aux deux débatteurs que l'émission se terminait dans moins d'un quart d'heure ; il les invita à exposer leur programme concernant la réforme des institutions.

« La démocratie représentative est clairement en crise depuis plusieurs années, que comptez-vous faire monsieur le Ministre, pour y remédier ?

— J'aimerais dire d'abord qu'il faut mieux former les citoyens, et cela passe par l'école. Les cours d'éducation morale et civique ne suffisent pas. Il faut mettre en œuvre une pédagogie active, il faut que les collégiens et les lycéens soient davantage associés à la vie de leur établissement, qu'ils disposent de temps pour le faire. Il faut apprendre aux élèves à débattre. La politique éducative doit prendre toute sa place, nous allons repenser l'évaluation des collèges et des lycées. Et puis, je vais vous surprendre, je pense que le diagnostic posé par François Hollande est pertinent, il faut découpler l'élection présidentielle de l'élection des députés. L'ancien président propose un mandat de six ans, mais personnellement je suis plutôt favorable au septennat. En revanche consulter les Français tous les quatre ans, c'est rétrécir le temps pour réformer à trois ans, alors que nous avons besoin de la durée. Donc : oui à un régime présidentiel, évitons la dyarchie à la tête de l'État et supprimons le droit de dissolution, parce que nos institutions ont besoin de stabilité.

— Et vous, monsieur le Premier ministre, êtes-vous favorable à un régime présidentiel ?

— Moi aussi, je vais vous surprendre. J'y suis favorable. Le changement ne peut être porté que par un président fort qui a la légitimité du suffrage universel, et je refuse la perspective d'une nouvelle cohabitation. La crise démocratique ne se réglera pas si on ne redonne pas du pouvoir aux électeurs : il faut introduire la proportionnelle, favoriser le référendum d'initiative citoyenne et limiter le nombre de mandats à un seul pour l'ensemble des élus. Il faut une véritable respiration démocratique dans ce pays. Nous avons ouvert la voie en exigeant que les représentants de la France populaire ressemblent à leurs électeurs. Je plaide aussi pour la suppression des notables, le Sénat devrait être composé de citoyens tirés au sort. Pour conclure, j'aimerais prendre un engagement : si je suis élu, je ne ferai qu'un seul mandat...

— Les Français vont vous donner raison, monsieur le Premier ministre, puisque vous ne ferez pas deux mandats, vous n'en ferez aucun !

— Vous ne changerez jamais, vous à droite : l'arrogance, l'arrogance c'est votre manière d'être ! »

Ruth Elkrief posa la main sur l'avant-bras de son confrère et coupa la parole autoritairement aux deux candidats :

« Messieurs ! Messieurs ! Chacun a pu ce soir s'exprimer, l'émission est terminée ! Merci aux téléspectateurs. Merci à vous, mon cher Laurent Delahousse. Merci à vous, messieurs, et rendez-vous dans une semaine pour le verdict des urnes. Il est temps maintenant de rendre l'antenne. »

L'émission – qui avait duré plus de deux heures – avait fait évoluer l'opinion du panel d'électeurs sélectionné par Ipsos. Les mères de famille des milieux modestes étaient séduites par les projets de Dekker en matière d'éducation, le retour au franc ne les faisait pas rêver, leur priorité c'était d'abord la réussite scolaire de leurs enfants. Une fracture se dessinait chez les « gilets » entre les hommes et les femmes. L'ancien ministre avait aussi marqué des points dans l'électorat de centre gauche, qui souhaitait plus de lisibilité institutionnelle avec la suppression de la fonction de Premier ministre, la perspective de cohabitation ne les effrayait pas, bien au contraire, une majorité de droite et un président de gauche ou l'inverse, c'était au fond ce que souhaitaient de nombreux électeurs du centre, une gouvernance tempérée par la nécessité de chercher des compromis et une voie moyenne pour gouverner le pays limitant ainsi les soubresauts politiques et la violence de la rue.

Le leader de la France populaire n'avait pas été jugé convaincant par une majorité de sondés. Son ralliement à un régime présidentiel était interprété comme le désir de renforcer son pouvoir personnel en cas d'élection. Sa volonté de faire la chasse aux « notables » en supprimant le Sénat l'avait coupé des élus locaux. Le tirage au sort des sénateurs avait été particulièrement raillé sur les réseaux sociaux. Les Français, même les plus humbles, estimaient qu'on ne pouvait remplacer l'engagement militant et les convictions politiques par le hasard. L'idée de mérite résistait, y compris dans « la France d'en bas » selon les politologues. Enfin, le retour au franc ne faisait plus rêver personne, à l'extrême-gauche comme à l'extrême-droite.

# XVI

La victoire de Pierre-Henri Dekker avait été célébrée sans enthousiasme. Pour une petite majorité de Français, c'était un soulagement. En une année, la France populaire avait épuisé les petits épargnants et tous ceux qui aspiraient à une forme de tranquillité. On faisait confiance au nouveau président pour retrouver le génie français, un mélange de tradition, de terroir, de bien vivre et de progrès scientifique. La France, c'est à la fois un pays de paysans, de viticulteurs, d'écrivains, d'artistes mais aussi de chercheurs et d'ingénieurs capables de fabriquer des avions, des trains, des satellites et de nouvelles molécules. Les Français voulaient conserver leurs vacances, leur repas de midi, leurs vins de pays, leurs fromages ; ils n'étaient pas fermés au progrès technique, les plus âgés surfaient sur internet, disposaient de comptes Facebook et dialoguaient avec leurs enfants ou petits-enfants via les réseaux sociaux.

Plus que Chirac, le père spirituel de Pierre-Henri Dekker c'était au fond le président Pompidou, tous les deux étaient d'anciens professeurs, de lettres pour le premier et d'économie pour le second. Et puis leur passion commune pour l'art contemporain les rapprochait.

Aucune scène de liesse. Quelques militants s'étaient rassemblés au pied du quartier général de campagne, il y avait là beaucoup de jeunes et quelques femmes d'une cinquantaine d'années en tailleur Chanel qui agitaient leur foulard Hermès pour saluer la victoire de l'ancien ministre. L'ennui avait aussi gagné les plateaux télévisés et les reporters des chaînes d'info avaient du mal à illustrer la victoire par des cris de joie ou des visages radieux.

Fabrice Raffin avait été mauvais perdant, il avait attendu 23 h 55 pour s'exprimer et féliciter son adversaire qui l'avait battu de près de deux millions de voix. Il indiqua que dès le lendemain, il s'attaquerait « à construire, avec les forces de progrès, une alternative à la politique néolibérale ». Il appela ses concitoyens à être vigilants, les libertés publiques lui semblaient menacées. Trois minutes d'allocution, trois minutes c'est aussi le temps que prit la passation de pouvoir sur le perron de l'Élysée une semaine plus tard.

Ensuite, tout s'accéléra, le président de la République décida de dissoudre l'Assemblée nationale, le taux d'abstention atteignit un record de 60 % et donna la majorité des voix au parti présidentiel. La prime majoritaire permit à En Avant d'obtenir près des deux tiers des députés, pour la plupart des vieux caciques de la politique qui avaient été élus dans leur carrière sous l'étiquette Parti socialiste, Modem et UMP. Pierre-Henri Dekker avait été élu par une majorité de femmes, mais pour « faire de la politique » il voulait des députés et des ministres expérimentés. Cette contradiction n'avait pas échappé aux journalistes ni à l'opposition, elle était assumée par le chef de l'État.

Entouré de sa fille, de son beau-fils et de plusieurs conseillers, le président composa son équipe. Elle était formée pour moitié d'inconnus du grand public qui avaient occupé des postes à responsabilité dans la haute fonction publique ou dans les grandes entreprises, et pour l'autre moitié des représentants des formations politiques qui avaient soutenu sa candidature. Xavier Bertrand hérita finalement du poste de Premier ministre. Il avait négocié son ralliement avant le premier tour, l'UMP n'ayant pas présenté de candidat à la présidentielle. Sans aucun suspens, le chercheur Sylvain Hundeux était désormais à la tête du plus gros ministère : celui de l'Éducation, de la Recherche, de la Jeunesse et de l'Industrie. Le lien entre l'école et l'entreprise était au cœur du projet présidentiel. À la surprise générale, Nicolas Halot décida de reprendre du service en devenant ministre de la Communication et des Médias, une mission « dans ses cordes », selon ses propres mots. François Bayrou reprit également du service comme ministre de la Protection des citoyens et des libertés, dans l'idée de rapprocher les ministères de l'Intérieur et de la Justice. L'ancien patron de Gogol France avait en charge l'Économie, le Numérique et le Commerce. L'Agriculture et le Secrétariat à la Ville furent fusionnés pour donner naissance au ministère des Territoires, que l'ancienne maire de Paris, Anne Hidalgo, avait fini par accepter.

Le savoir-faire politique de Dekker éclatait au grand jour : il avait rassemblé dans son « gouvernement de combat pour la France » des socialistes modérés, des Verts, le centre droit et la droite plus bourgeoise. Il avait aussi le soutien des entreprises, petites ou grandes. C'était la France des diplômés du supérieur et des résidences secondaires, favorable à l'économie de marché, à la mondialisation et au progrès technique qui reprenait les rênes du pouvoir. C'était la France des cadres, des entrepreneurs et des propriétaires, qui reléguait dans l'opposition la France des locataires, des petits salariés et des déclassés de l'université. Dans l'entourage du président, on expliquait que la démocratie avait besoin de « gens à la tête bien faite et bien pleine », de gens, surtout, qui avaient « réussi », qui avaient « fait leurs preuves ». Avec « l'aventure des gilets » selon Pierre-Henri Dekker, « la démocratie avait failli sombrer » ; Tocqueville, le grand penseur de la démocratie, avait eu raison avant l'heure : l'égalité des conditions peut déboucher sur « la tyrannie de la majorité », ferment du populisme.

Le mérite, voilà ce qui soudait les cadres, les diplômés du supérieur et les chefs d'entreprise qui avaient voté pour Pierre-Henri Dekker. Le sentiment d'être à leur place dans le champ politique. Leur représentation du monde était assez simple : les élites savent ce qui est bon à long terme pour le pays et la planète, les masses restent des adolescents incapables de dominer leurs désirs, leurs frustrations, leur jalousie et leurs émotions. Au fond, la raison commande de laisser ceux qui l'incarnent gouverner le monde ; les inégalités sont justes car elles reflètent l'inégalité des talents et des dons.

# XVII

Sylvain Hundeux avait rassemblé les trente recteurs pour préparer la rentrée rue de Grenelle. Les hauts fonctionnaires étaient confortablement assis sur des chaises qui formaient un cercle, le nouveau ministre de l'Éducation était debout, micro à la main.

« *Mesdames et messieurs,*

*Le président a tracé la voie, nous allons poursuivre son grand projet pour l'Éducation nationale : une école neuronale qui s'appuie sur les acquis de la recherche, qui met fin à des décennies de bricolage pédagogique inspiré par la sociologie de la reproduction de Bourdieu et par les sciences de l'éducation de Meirieu. Nous allons mettre en place une pédagogie explicite qui a fait ses preuves, les sciences cognitives permettront d'irriguer les bonnes pratiques.*

*Nous ne nous arrêterons pas là, nous allons équiper progressivement tous les élèves des écoles d'un kit incorporé "Zéro faute" qui leur permettra d'apprendre plus vite la langue française et les bases des mathématiques. Nous allons en quelque sorte vacciner les enfants contre l'échec scolaire. C'est un progrès immense, Gogol travaille d'arrache-pied avec des start-up françaises. Il faudra bien sûr surmonter des résistances, mais les premiers sondages sont bons : les mères de famille ont confiance en nous.* »

Le ministre s'arrêta pour boire une gorgée d'eau, il donna la bouteille à son directeur de cabinet, assis à ses côtés, et reprit son discours :

« *Mesdames et messieurs,*

*C'est un tournant encore plus puissant que le numérique qui s'ouvre devant nous, je vous demande d'y consacrer toute votre énergie. Nous pourrons nous appuyer sur les cadres de l'école et les nouveaux professeurs que nous allons recruter et former. Ils seront plus disponibles et plus ouverts au changement. Nous allons passer avec eux le pacte suivant : vous ne serez plus fonctionnaires mais vous allez être plus considérés et mieux payés. Cela ne coûtera rien aux contribuables, car nous allons supprimer 20 % des postes et augmenter les salaires de 15 %. Les nouvelles technologies incorporées nous permettent d'économiser du temps d'apprentissage : à l'école primaire, la semaine sera ramenée à 20 heures, au collège à 22 heures et au lycée à 24 heures. Nous conservons la semaine classique organisée autour de neuf demi-journées, nous allons embaucher massivement des éducateurs sportifs et travailler avec les clubs : plus de sport, moins d'écran, c'est aussi notre vision pour la jeunesse !* »

Le ministre avait convaincu son auditoire, les trente recteurs se levèrent et entamèrent à l'unisson une *Marseillaise.*

Sylvain Hundeux remercia les hauts fonctionnaires et leur souhaita une excellente prise de fonctions. Aucun d'eux n'avait auparavant dirigé une académie. Il voulait une équipe jeune issue du monde de l'entreprise. Le recrutement avait été confié à un cabinet de chasseurs de têtes, beaucoup étaient issus de l'économie digitale et avaient travaillé aux États-Unis. Pour attirer les talents, le ministre avait décidé de doubler leur traitement sans rien rogner sur les avantages de la fonction : appartement, personnel de maison et chauffeur. Les nouveaux recteurs n'étaient toutefois pas attirés par le gain, ils gagnaient très bien leur vie auparavant dans le privé avec leurs matelas de stock-options, ils voulaient tout simplement « travailler avec Hundeux », car ils voyaient en lui un visionnaire.

Pour rester en pleine communication avec le ministre, les recteurs furent équipés d'une oreillette et d'une paire de lunettes intelligentes. Avec les *Gogol glasses*, le ministre pouvait s'adresser à chacun comme il pouvait regarder en direct ce que chaque haut fonctionnaire voyait. Le ministre de l'Éducation avait fait installer dans son bureau une véritable régie, il pouvait s'adresser à son équipe en permanence et interagir avec chaque recteur. Cette chaîne digitale devait être progressivement déployée en académie ; les chefs d'établissement des grands lycées avaient dû faire installer un écran dans leur bureau, le recteur pouvait s'adresser à eux quand il le souhaitait et savoir s'ils étaient en réunion ou derrière leur ordinateur en train de travailler. Le syndicat des personnels de direction avait réussi, dans une ultime négociation, à faire abandonner par le ministre l'idée d'équiper tous les personnels de direction d'une paire de lunettes Gogol en mettant en avant que les chefs d'établissement n'étaient pas suffisamment payés. Pour éviter une négociation salariale, le ministre avait reculé. Son objectif, c'était aussi de faire baisser la dépense publique. Sa première décision avait d'ailleurs été de supprimer les corps d'inspection, les IA et les IPR[1], qui avaient eu à choisir entre devenir chefs d'établissement ou négocier une rupture conventionnelle. Les meilleurs étaient partis dans le privé, les autres avaient accepté des postes de chefs d'établissement, parfois dans des territoires reculés. Le ministre s'était engagé à maintenir leur traitement indiciaire. La ligne hiérarchique était raccourcie : ministre, recteur, chef d'établissement et professeurs n'avaient plus qu'un seul supérieur : le principal ou le proviseur. Les inspecteurs généraux avaient également disparu, la Cour des comptes s'était interrogée sur leur efficacité, les professeurs et les

---

[1] En tant que directeurs des services départementaux, les inspecteurs d'académie (IA) sont les supérieurs hiérarchiques des chefs d'établissement et des directeurs d'école. Les inspecteurs pédagogiques (IA-IPR) recrutent, évaluent et forment les professeurs.

chercheurs pouvaient, en effet, écrire les programmes, former leurs pairs, aider les chefs d'établissement à recruter localement et les concours nationaux avaient été supprimés. Désormais, la seule évaluation professionnelle pertinente, c'était les résultats. L'activité des enseignants et des cadres de l'éducation était évaluée par des algorithmes et des logiciels intelligents développés par la firme française *Index Éducation* qui avait conquis une position de quasi-monopole avec ses logiciels d'emploi du temps et de notes pour les élèves.

# XVIII

Le ministre de l'Éducation Sylvain Hundeux avait décroché lui-même son téléphone pour confirmer la bonne nouvelle au recteur de l'académie de Toulouse. Octave Huppé, le célèbre psychologue, entamait une tournée des académies afin de présenter aux cadres la neuropédagogie et toutes ses promesses. Le chercheur ne pouvait pas se déplacer dans les huit départements de l'académie, mais sa conférence serait transmise en direct, les chefs d'établissement, les directeurs d'école et les corps d'inspection qui n'étaient pas invités devaient se connecter à la plateforme du rectorat mercredi 26 août à 18 heures exactement ; ils avaient reçu sur leur messagerie professionnelle un code personnel. L'École des Mines d'Albi avait été choisie, l'incubateur d'entreprises digitales rivalisait avec son équivalent toulousain Mementum, des partenariats croisés existaient depuis longtemps entre la grande école, l'université Champollion et les trois lycées albigeois. Le recteur nouvellement nommé était très enthousiaste ; il avait décidé d'accueillir lui-même le conférencier à l'aéroport de Blagnac et de déjeuner avec lui, avant de faire ensemble le trajet en voiture de fonction.

Octave Huppé n'était pas très friand d'honneurs, c'était un chercheur convaincu qui avait débuté sa carrière comme maître d'école, avant de se tourner vers la psychologie, puis les neurosciences pour fonder une pédagogie capable d'aider efficacement les enfants et les adolescents ; ses intentions étaient sincères et il avait un talent incontestable pour convaincre son auditoire.

La réputation scientifique d'Octave Huppé était solide, il fut néanmoins accueilli par des applaudissements timides. Alors que la plupart des personnels de direction présents ignorait son existence, les corps d'inspection avaient été sensibilisés aux apports des neurosciences lors d'un séminaire présidé par le ministre à l'École des hautes études de l'éducation et de la formation (IH2EF) à Poitiers.

Le scientifique s'installa au pied du grand amphi de huit cents places qui affichait complet. Il était entouré du recteur et du directeur de l'École des Mines, un écran géant placé derrière eux permettait de voir leurs visages en gros plan. Le recteur de Toulouse avait sollicité les personnels de direction et les directeurs d'école des départements du Tarn, de l'Aveyron et de Haute-Garonne. Après une brève introduction des deux hôtes, Octave Huppé prit la parole pour un exposé qui devait durer une « grosse heure », un jeu de questions-réponses clôturerait son intervention.

Pour le neuroscientifique, aucun doute n'était possible : la neuropédagogie était « l'avenir » ; pendant trop longtemps l'école avait bricolé sur la base de théories pédagogiques peu solides, sur une représentation de l'élève qui ignorait finalement tout du fonctionnement du cerveau. La neuropédagogie n'était pas une rupture, mais davantage le prolongement des travaux des grands chercheurs, tels que Montessori ou Freinet. Les neurosciences n'avaient qu'une seule finalité : enrichir les pratiques professionnelles et permettre d'écarter les « mauvaises pratiques » pour faciliter les apprentissages. « La psychologie cognitive est une science, et même une hyper-science grâce à l'imagerie cérébrale et aux progrès de l'informatique ! » avait-il rappelé à plusieurs reprises pour ponctuer son propos.

L'exposé du chercheur s'appuya sur de nombreuses diapositives qui décrivaient les circuits neuronaux ; la projection d'une vidéo en 3D du fonctionnement du cerveau d'un élève qui devait résoudre un exercice de mathématiques fit sensation. Pour la plupart des participants, c'était la première fois qu'ils voyaient « la pensée en action ». Le psychologue expliqua que les progrès des neurosciences associés aux formidables avancées de l'intelligence artificielle et de l'informatique ouvraient de nouvelles perspectives. « L'élève augmenté, voilà notre perspective… » déclara le conférencier.

Il allait poursuivre sa démonstration, mais il fut bruyamment interpellé par trois étudiants ingénieurs invités, qui avaient déployé une banderole sur laquelle on pouvait lire : « L'école n'est pas une machine. Le cerveau et les élèves non plus ! » Octave Huppé leva les yeux au ciel et invita les étudiants à attendre la seconde partie de la soirée pour discuter avec lui. En aparté, après avoir étouffé son micro de sa main gauche, il exprima sa stupéfaction : « C'est incroyable ! J'ai rédigé un bouquin qui distingue la pensée humaine de celle d'un algorithme et on me fait ce procès ! La politique pollue la science en France ! » En moins de cinq minutes, le service d'ordre de l'université fit sortir manu militari les protestataires. Quand on les arracha à leurs sièges, leurs cris soulevèrent l'indignation des directeurs d'école, qui décidèrent de quitter l'amphithéâtre. Les chefs d'établissement et les inspecteurs restèrent assis, une petite dizaine de personnels de direction embrayèrent silencieusement derrière leurs collègues du premier degré en essayant de ne pas se faire remarquer par leur inspecteur d'académie – plusieurs d'entre eux choisirent d'emprunter les sorties de secours.

La fin de l'intervention se passa dans un silence religieux. Après avoir répondu à quelques questions très courtoises, Octave Huppé quitta la salle sans avoir pu débattre avec ses « jeunes contradicteurs », ce qu'il regretta publiquement. Il allait pouvoir se consoler en dînant avec le recteur et le directeur de l'École des Mines à la Table du Sommelier, l'un des meilleurs restaurants d'Albi.

# XIX

Michel Biguebosse s'était positionné dans l'entrée de l'amphithéâtre pour accueillir personnellement tous les professeurs du lycée Louis-Vaseclos. Une semaine avant, son adjoint, Nicolas Dubois, avait expédié leurs emplois du temps aux enseignants. Cette rentrée avait été particulièrement facile à préparer, puisque la loi sur « l'École neuronale » avait redéfini le temps de service des professeurs. Ils devaient être présents 35 heures par semaine dans l'établissement. Pendant l'été, quelques salles de cours avaient été transformées en open space avec bureaux, fontaines à eau et plantes vertes. Une salle de musculation et de relaxation avait aussi été créée à la demande des organisations syndicales.

Désormais, les professeurs travaillaient tous les jours, sauf le mercredi matin pour les femmes qui avaient des enfants de moins de trois ans. Les enseignants n'avaient pas eu le choix : soit ils acceptaient de « travailler plus pour gagner plus », soit ils percevaient une indemnité de départ correspondant à six mois de traitement. Cette enveloppe pouvait être bonifiée pour une création d'entreprise ou pour un congé maternité. Sans surprise, 98 % des professeurs du lycée Louis-Vaseclos avaient accepté les nouvelles conditions d'exercice et seulement 2 % avaient choisi de démissionner. Parmi eux, quatre professeurs de mathématiques souhaitaient se lancer sur le marché – déjà florissant – du soutien scolaire à domicile, un enseignant d'histoire-géographie avait le projet de devenir menuisier, enfin, une professeure de philosophie s'était donné six mois pour devenir journaliste.